戦国ベースボール

たちはだかる世界の壁！ vs ワールドヒーローズ!!

りょくち真太・作
トリバタケハルノブ・絵

集英社みらい文庫

桶狭間《おけはざま》ファルコンズ OKEHAZAMA Falcons

5番《ばん》・セカンド
十文字槍《じゅうもんじやり》の名手《めいしゅ》
真田幸村《さなだゆきむら》
2番《ばん》・センター
伝説《でんせつ》の女地頭《おんなじとう》
井伊直虎《いいなおとら》
8番《ばん》・ショート
折《お》れないチームプレー
毛利元就《もうりもとなり》
3番《ばん》・レフト
最強《さいきょう》のかぶき者《もの》
前田慶次《まえだけいじ》
6番《ばん》・キャッチャー
粘《ねば》りの名人《めいじん》
徳川家康《とくがわいえやす》
7番《ばん》・サード
すて身《み》の独眼竜《どくがんりゅう》
伊達政宗《だてまさむね》
1番《ばん》・ライト
強肩好守《きょうけんこうしゅ》の猿《さる》
豊臣秀吉《とよとみひでよし》

世界《せかい》ワールドヒーローズ

9番《ばん》・ショート
野球《やきゅう》より神《かみ》の教《おし》え
フランシスコ・ザビエル
6番《ばん》・センター
蒙古魂《もうこだましい》！
チンギス・ハーン
1番《ばん》・セカンド
ブルータス、おまえもホームランか
ユリウス・カエサル
8番《ばん》・ライト
革命《かくめい》の女傑《じょけつ》
ジャンヌ・ダルク
2番《ばん》・サード
逆境《ぎゃっきょう》の豪傑《ごうけつ》
レオニダス一世《いっせい》
7番《ばん》・レフト
兵馬俑《へいばよう》はスタジアム
始皇帝《しこうてい》

戦国《せんごく》ベースボール

SENGOKU-BASEBALL

たちはだかる世界《せかい》の壁《かべ》！vsワールドヒーローズ!!

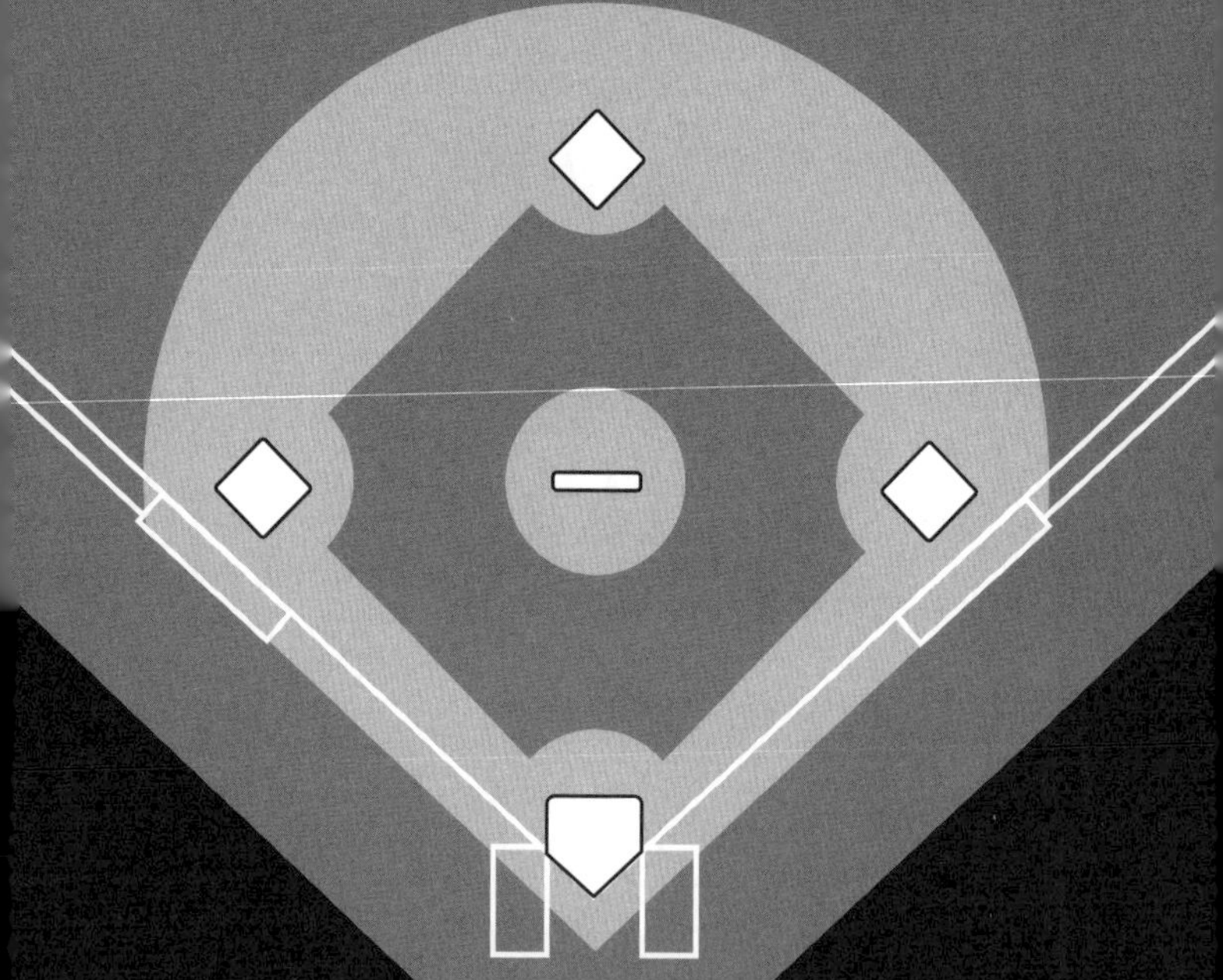

1章《しょう》　世界《メジャー》の洗《せん》礼《れい》

地獄甲子園準決勝!!

戦国武将 VS 最強世界選抜!!

試合開始までもうしばらく
お待ちください

遠《とお》いむかし、戦国時代《せんごくじだい》。当時《とうじ》の日本《にほん》は乱《みだ》れていました。世《よ》の中《なか》を支配《しはい》していた幕府《ばくふ》の力《ちから》が弱《よわ》まっていたためです。

戦国武将《せんごくぶしょう》たちは、自分《じぶん》こそ平和《へいわ》な世《よ》をつくってみせる、と戦《いくさ》をくりかえしましたが、それはかえって民衆《みんしゅう》をくたくたにつかれさせていました。

やがて地上《ちじょう》はたくさんの犠牲《ぎせい》の上《うえ》に平定《へいてい》されますが、しかし戦国武将《せんごくぶしょう》たちは死《し》んで地獄《じごく》にいってしまっても、そこを安《やす》らぎのある場所《ばしょ》にする、といってあらそいをやめません。

でも、彼《かれ》らは現世《げんせ》で学《まな》びました。合戦《かっせん》では犠牲《ぎせい》を生《う》むだけ。

そこで戦国武将《せんごくぶしょう》たちは考《かんが》えます。せめて地獄《じごく》ではそれをなくしたい。同《おな》じ戦争《せんそう》でも、平《へい》和的《わてき》にあらそいたいと。

そして地上《ちじょう》でおこなわれている、あるスポーツを見《み》て思《おも》いつきました。これなら平和《へいわ》を乱《みだ》さずに戦《いくさ》ができて、しかもおもしろそうだ。

そうして彼《かれ》らが選《えら》んだあらそいの手段《しゅだん》が、野球《やきゅう》でした。

現世《げんせ》

山田虎太郎《やまだこたろう》は小学六年生《しょうがくねんせい》。地元《じもと》の少年野球《しょうねんやきゅう》チームでピッチャーをしています。内気《うちき》だけどとてもやさしい性格《せいかく》で、しかも実力《じつりょく》は折《お》り紙《がみ》つき。名門高校野球部《めいもんこうこうやきゅうぶ》のスカウトも注目《ちゅうもく》するほどです。

そんな虎太郎《こたろう》がいるチームの、練習試合《れんしゅうじあい》。チーム新加入《しんかにゅう》のキャッチャーが受《う》ける二度目《どめ》の試合《しあい》で、いまは3—0とリードしていますが……。

空《そら》の真《ま》ん中《なか》でかがやく太陽《たいよう》。

その下《した》で野球《やきゅう》の試合《しあい》をしている虎太郎《こたろう》のこめかみに、たらっと汗《あせ》が流《なが》れました。

ここは虎太郎《こたろう》たちのチームがいつも使《つか》っている河原《かわら》のグラウンド。今日《きょう》の相手《あいて》は地元《じもと》のチームで、いまはその最終回《さいしゅうかい》、ツーアウト。

これまで虎太郎《こたろう》たちのチームは、この相手《あいて》チームに連戦連勝《れんせんれんしょう》でした。

ですが、むこうはそれがくやしかったのでしょう。今回《こんかい》の試合《しあい》では、なんと中学生《ちゅうがくせい》を助《すけ》っ人《と》につれてきてしまったのです。

たしかに人数《にんずう》がたりない場合《ばあい》は誰《だれ》かをいれてもいいことになっていましたが、でもまさか、そのルールを悪用《あくよう》して中学生《ちゅうがくせい》をつれてくるなんて、虎太郎《こたろう》たちは夢《ゆめ》にも思《おも》っていませんでした。

しかし、それでも虎太郎《こたろう》たちは動《どう》じません。

「いけるぞ、虎太郎《こたろう》！」

「そうだ！　おまえのほうが若《わか》い！」

と、ちょっとなにかがズレた声援《せいえん》も、こころ強《づよ》く感《かん》じます。なぜなら前《まえ》でミットをかまえているのは、あらたにチームにはいったキャッチャー、川島高臣《かわしまたかおみ》。

メガネが光《ひか》る頭脳派《ずのうは》で、虎太郎《こたろう》との相性《あいしょう》はばつぐん。どんなときでも冷静《れいせい》に虎太郎《こたろう》をリードします。低《ひく》めに高《たか》め外《そと》に内《うち》と、相手《あいて》のにがてや裏《うら》をかくリードは天下一品《てんかいっぴん》。

この試合《しあい》も、そうです。

相手《あいて》の打線《だせん》には中学生《ちゅうがくせい》がまじっているのに、あたえた点数《てんすう》は0点《てん》。打《う》ってはタイムリー

ヒットをはなつ活躍《かつやく》で、この試合《しあい》のヒーローです。

そんな高臣《たかおみ》、バッターボックスの中学生《ちゅうがくせい》をチラッと見《み》ると、高《たか》めにストレートのサインをだしました。もちろん、この中学生《ちゅうがくせい》のこれまでの打席《だせき》から、にがてを計算《けいさん》してのものです。

虎太郎《こたろう》はそのサインにうなずくと、

「これでどうだっ！」

と、思《おも》いきりボールを投《な》げました。それはズバッと重《おも》い音《おと》をたてて、キャッチャーミットにおさまります。すると審判《しんぱん》は「ストライク！　バッターアウト！　ゲームセット！」とコールして、虎太郎《こたろう》たちのチームの勝《か》ちを告《つ》げます。

打席《だせき》の中学生《ちゅうがくせい》は反応《はんのう》すらできず、くやしそうに空《そら》を見《み》ました。

おもわず「よしっ！」と、ガッツポーズの虎太郎《こたろう》。するとチームメイトたちは、マウンドに続々《ぞくぞく》集《あつ》まって虎太郎《こたろう》をたたえました。

「中学生《ちゅうがくせい》がいたのに勝《か》つなんて！」

「高臣《たかおみ》とのバッテリーは無敵《むてき》だ！」

「若《わか》さの勝利《しょうり》だ！」

口々《くちぐち》にそういって、みんなでバシバシと虎太郎《こたろう》をたたきました。しかし一方《いっぽう》で中学生《ちゅうがくせい》をつれてきても勝《か》てない相手《あいて》は、くやしくてその場《ば》で足《あし》ぶみをしています。

「クソッ！　覚《おぼ》えてろよ！　お菓子《かし》とゲームでたちなおったら、またくるからな！」

「今度《こんど》は絶対《ぜったい》に勝《か》つ！　もっとすごい助《すけ》っ人《と》つれてきてやる！」

ベンチを片《かた》づけると、そういって彼《かれ》らは帰《かえ》っていきました。

虎太郎《こたろう》はよろこびの中《なか》でみんなにたたかれながら、その様子《ようす》をじっとながめていました。

※

「むこう、今度《こんど》は高校生《こうこうせい》でもつれてくるんじゃないかな……」

「そうなったら、いくら虎太郎《こたろう》と高臣《たかおみ》でも、ちょっときびしいなあ」

夕日《ゆうひ》がさしこむ中《なか》、試合《しあい》のあとのミーティング。みんなはベンチの前《まえ》で心配《しんぱい》そうに口《くち》にしますが……。

「なら、こっちは大学生《だいがくせい》をつれてこようぜ！」

思《おも》いついたようなチームメイトの一声《ひとこえ》。

みんなは「なるほど！」と手《て》をたたきます。ベンチに座《すわ》って聞《き》いていた虎太郎《こたろう》も、

(それいいなあ。目《め》には目《め》をっていうし、勝《か》てば相手《あいて》が卑怯《ひきょう》なことをやめるかもしれない)

と、賛成《さんせい》の立場《たちば》です。しかし、

「バカなことをいうんじゃない」

高臣《たかおみ》はメガネを光《ひか》らせ、そういいました。あくまでまじめで、無表情《むひょうじょう》です。

「ルールを悪用《あくよう》した卑怯《ひきょう》な手段《しゅだん》は論外《ろんがい》だが、こっちまで同《おな》じことをしてどうする。それよりはむこうの手段《しゅだん》を予想《よそう》して、それに応《おう》じた作戦《さくせん》をたてておくべきだ」

「なにいってんだよ。悪《わる》いのはあっちじゃないか」

「そうそう。作戦《さくせん》なんてややこしいことといわずにさ、おれの親戚《しんせき》に大学《だいがく》の野球部《やきゅうぶ》のひとがいるから……」

「ダメだ」

高臣《たかおみ》はピシャリとそういいました。

「そんなことをして勝《か》ってなにになる？　それよりも相手《あいて》に、もうなにをしてもかなわないと、思《おも》い知《し》らせて勝《か》つべきだ。そもそも作戦《さくせん》とは……」

「まあまあまあ」

アツくなりかける高臣《たかおみ》を、今度《こんど》は虎太郎《こたろう》がとめました。

「作戦《さくせん》なんて、いいじゃない。大学生《だいがくせい》がきてくれるんなら」

「虎太郎《こたろう》。おまえもそれをいうのか」

「え？　ぼ、ぼくもって……？」

「そうだ。たしかに大学生《だいがくせい》がくれば、相手《あいて》に勝《か》てるかもしれない。だけどそれは、おれたちの実力《じつりょく》による勝利《しょうり》ではないんだ」

「う、うん……」

「それに、相手《あいて》だってつぎの手段《しゅだん》を考《かんが》える。それなら、そのときよくてもつぎは負《ま》けるかもしれない。そうならないように卑怯《ひきょう》な手段《しゅだん》で対抗《たいこう》するんじゃなくて、それに対《たい》してきちんと作戦《さくせん》をたてておかないと……」

「も、もちろん、わかってるよ」

高臣《たかおみ》の注意《ちゅうい》が自分《じぶん》にむいてきて、虎太郎《こたろう》はあせります。

「ああ。なんだ。虎太郎《こたろう》は、わかってたのか」

「あたり前《まえ》じゃない。うん。作戦《さくせん》は大事《だいじ》だよ。ただぼくはだいじょうぶだけど、試合《しあい》が終《お》わったばかりで、みんなつかれてるし、今日《きょう》のところは……」

「そういえば、そうだな」

虎太郎《こたろう》の言葉《ことば》に、高臣《たかおみ》は納得《なっとく》したようです。

これでみんな一安心《ひとあんしん》。虎太郎《こたろう》、ありがとう。高臣《たかおみ》、いいヤツだけどまじめすぎて口《くち》うるさいんだよ。そんなサインをこっそり虎太郎《こたろう》に送《おく》りました。

ですが、まじめすぎる高臣《たかおみ》はここでは終《お》わりませんでした。

「じゃあ虎太郎《こたろう》。ここで一度解散《いちどかいさん》して、このあと、おれとおまえで作戦会議《さくせんかいぎ》をひらこう」

「ええっ！　いまから？」

「そうだ。おまえはだいじょうぶなんだろう？」

「う、うん……。まあ、そうなんだけど……」

虎太郎《こたろう》はいいながら、『助《たす》けて！』の気持《きも》ちをこめて、みんなに目《め》くばせをします。ですが、誰《だれ》も虎太郎《こたろう》と視線《しせん》をあわせようとしません。

――そんなあ……。ズルいよ、みんな……。

「じゃあ、さっそくそうしよう。時間《じかん》がおしい。虎太郎《こたろう》の家《いえ》でいいか？」

「う、うん。まあ、いいというかなんというかびみょうな感《かん》じで……」

「では行動開始《こうどうかいし》。いくぞ、虎太郎《こたろう》」

いいおわるとスポーツバッグをかついで、テキパキ動《うご》く高臣《たかおみ》。

「あ、ち、ちょっと、待《ま》ってよ！」

自分《じぶん》の家《いえ》にいくのに、おいていかれたらたまりません。虎太郎《こたろう》もあわててそれにつづきます。もうなにをいっても無駄《むだ》だ。虎太郎《こたろう》はあきらめました。

さよなら、虎太郎《こたろう》。おまえのことはわすれない。

チームメイトたちはハンカチをひらひらさせながら、虎太郎《こたろう》を見送《みおく》ります。

死《し》んじゃった感《かん》じで見送《みおく》らないでっ！　虎太郎《こたろう》はチームメイトたちをふりかえると、いーっと口《くち》をゆがめ、助《たす》けてくれない彼《かれ》らにやりかえしました。

※

そうしてふたりでやってきてしまった虎太郎《こたろう》の部屋《へや》。

高臣《たかおみ》はノートに書《か》いた今日《きょう》の試合《しあい》のデータをじっとながめていて、虎太郎《こたろう》はその様子《ようす》をチラチラ見《み》ながらジュースを飲《の》んでいました。

しずかな部屋《へや》では高臣《たかおみ》がノートをめくるたびにペラッと音《おと》が聞《き》こえてきて、虎太郎《こたろう》はそのたびにビクッと体《からだ》をすくませます。かれこれ三十分《さんじゅっぷん》くらい、会話《かいわ》もなにもないそんな重《おも》い時間《じかん》が流《なが》れていました。

き、気《き》まずい……。

普段《ふだん》は友《とも》だちとおバカな会話《かいわ》ばかりしている虎太郎《こたろう》は、高臣《たかおみ》のようなまじめな子《こ》とふたりになったとき、どうしていいかわからないのです。

仲《なか》が悪《わる》いわけじゃないのに、ケンカしたあとふたりになったような重圧《じゅうあつ》。試合《しあい》とはちがった汗《あせ》が、虎太郎《こたろう》のこめかみに流《なが》れました。感《かん》じるプレッシャーはあのとき以上《いじょう》です。

「……あ、そ、そうだ、ねえ、高臣《たかおみ》クン」

虎太郎《こたろう》は気《き》まずさをがまんできずに、高臣《たかおみ》に話《はな》しかけました。高臣《たかおみ》は目《め》を少《すこ》しだけあげて、用件《ようけん》を問《と》いかけるように虎太郎《こたろう》を見《み》ます。

「き、今日《きょう》のさ、あれ、すごかったよね、高臣《たかおみ》クンのリード」

「？　そうか？　でも、どうしたんだ、とつぜん」

高臣《たかおみ》は首《くび》をかしげました。

「えっとね、あの。たしかに高臣《たかおみ》クンのリードすごかったけどさ、なんていうか、ぼくも高臣《たかおみ》クンも、後半《こうはん》ちょっとバテてたよね。これがホントの、バッテリーがバテ気味《ぎみ》……。なん、ちゃって……」

「？　いや。おれはバテてなどいなかった。虎太郎《こたろう》はスタミナ切《ぎ》れだったか？　今度《こんど》からランニングをふやすか」

高臣《たかおみ》はいって、またノートに目《め》をもどしました。そして虎太郎《こたろう》は、そのままかたまってしまいます。

……ス、スべった……。

しかもダジャレっていうことすら伝《つた》わってなくて、ただいきなり変《へん》なことといっただけみたいになってる……！

虎太郎《こたろう》の汗《あせ》はもうこめかみだけではありません。おでこも手《て》の平《ひら》も汗《あせ》だらけ。ああ、目《め》からも変《へん》な汗《あせ》が流《なが》れてきそうです。石化《せきか》して、サラサラと風化《ふうか》しかける虎太郎《こたろう》。

誰《だれ》か……、誰《だれ》か助《たす》けて……。虎太郎《こたろう》は祈《いの》るように、こころでつぶやきました。

すると、その瞬間《しゅんかん》です。

「虎太郎《こたろう》――――！」

という大声《おおごえ》とともに、すみにおいていたランドセルが、すごい勢《いきお》いでガバッとひらきました。そしてそこから一匹《いっぴき》のサル……、ではなく、戦国武将《せんごくぶしょう》の豊臣秀吉《とよとみひでよし》が顔《かお》をだします。

「え、ええ？　ひ、秀吉《ひでよし》さん？」

虎太郎《こたろう》はいよいよ頭《あたま》が痛《いた》くなってきます。助《たす》けどころか、さらにめんどくさいことになってきたぞ……。

POME

そう思《おも》いながら高臣《たかおみ》を見《み》ると、やはりぎょっとして目《め》をパチクリさせていました。とっさに言葉《ことば》がでてこないようです。

「ちょっと、秀吉《ひでよし》さん、マズいよ。いきなりこんな……」

虎太郎《こたろう》はランドセルに近《ちか》づいて、そこからカタツムリのように上半身《じょうはんしん》だけだしている秀《ひで》吉《よし》に、こそっといいました。

「なにをいっとる。超閻魔大王《ちょうえんまだいおう》が現世《げんせ》に近道《ちかみち》をつくったんじゃ。使《つか》わぬ手《て》はないわい」

「それ、秀吉《ひでよし》さんが便利《べんり》に使《つか》うためのものじゃないから……」

虎太郎《こたろう》は「はあ」とため息《いき》をつきました。

この変《へん》な工夫《くふう》は、秀吉《ひでよし》のいうとおり超閻魔大王《ちょうえんまだいおう》による悪《わる》ふざけ。

この前《まえ》の地獄《じごく》の試合《しあい》で超閻魔大王《ちょうえんまだいおう》に気《き》にいられた虎太郎《こたろう》は、なんとランドセルを地獄直《じごくちょく》通《つう》に魔改造《まかいぞう》されてしまったのです。まさに地獄《じごく》を背負《せお》う小学生《しょうがくせい》。虎太郎《こたろう》にとって、こんなにうれしくないプレゼントははじめてでした。

「こ、虎太郎《こたろう》、おまえ……」

おどろきで壁《かべ》ぎわまで飛《と》びのき、腰《こし》を抜《ぬ》かしている高臣《たかおみ》。プルプルふるえる指先《ゆびさき》で、虎《こ》太郎《たろう》を指《さ》しました。

「おまえ、どうしてランドセルでサルをかっているんだ……？」

「サルじゃない！」

カタツムリ状態《じょうたい》でサルじゃないといいはる秀吉《ひでよし》。でも見《み》た目《め》はランドセルにはいって抜《ぬ》けられなくなった、ちょっとおバカなおサルです。

「まあ、いい、虎太郎《こたろう》よ」

秀吉《ひでよし》はキリッとした顔《かお》で、虎太郎《こたろう》に目《め》をむけます。でもそのかっこうでは、キリッとしたってぜんぜんキリッとなりません。

「どうしたのさ、秀吉《ひでよし》さん。あ、そんなにあせっているということは、もしかしてバナナが食《た》べたいとか……！」

「バカもん！　バナナも食《た》べたいが、それどころじゃない！　でもあるなら持《も》ってこい！」

「……バナナはないよ。で、なにがそれどころじゃないの？」

「くっ！　ええい、時間《じかん》がおしい！」

バナナは持《も》ってこいっていったクセに……。虎太郎《こたろう》がこころの中《なか》でつっこむと、

「いいからこいっ！　事情《じじょう》は地獄《じごく》甲子園《こうしえん》にむかいながら説明《せつめい》する！」

「え？　こいって？　う、うわあっ！」

なにかにあせる秀吉《ひでよし》は虎太郎《こたろう》の腕《うで》をつかみ、なんとそのままランドセルの中《なか》にひきこみました。いきなりで、虎太郎《こたろう》は抵抗《ていこう》もできません。

「こ、虎太郎《こたろう》っ！」

おどろいたのは高臣《たかおみ》です。さっきからなにが起《お》こっているかわかりません。

おそるおそるランドセルに近《ちか》づき、

「おい、もしかしてかくれんぼなのか？　おれが鬼《おに》か？　っていうか、どうなってるんだ、このランドセル……。おおーい！　虎太郎《こたろう》ー！」

と、虎太郎《こたろう》を呼《よ》びました。そして目《め》をこらして中《なか》をのぞくと、

「まったく。騒《さわ》がれたらめんどうじゃ。おまえもこい」

と、にゅっと秀吉《ひでよし》の腕《うで》がでてきます。

「えっえっ！　ちょっと、なにをするんだ、このサル……。おれはかくれんぼの鬼《おに》で……、うわあああっ！」

秀吉《ひでよし》は高臣《たかおみ》までランドセルの中《なか》につれこみ、ひとがいなくなった部屋《へや》は、またガランとしずまりかえります。すると部屋《へや》のドアがガチャリとひらき、

「おやつよーって、あれ？」

クッキーを持《も》ってきた虎太郎《こたろう》のお母《かあ》さんも、頭《あたま》の上《うえ》にはてなマーク。

「？　ふたりとも、あそびにいったのかしら？」

首《くび》をかしげながら、お母《かあ》さんは部屋《へや》をでていきます。

自分《じぶん》の子供《こども》が、地獄《じごく》につれ去《さ》られたとも知《し》らないで……。

一時間前《じかんまえ》の地獄《じごく》　超閻魔大王《ちょうえんまだいおう》の仕事部屋《しごとべや》

ここは地獄《じごく》のお役所《やくしょ》。地上六百六十六階《ちじょうろっぴゃくろくじゅうろっかい》の最上階《さいじょうかい》にある、超閻魔大王《ちょうえんまだいおう》の仕事部屋《しごとべや》。

そのドアをコンコンとノックする音《おと》につづいて、「失礼《しつれい》します」と、部下《ぶか》の赤鬼《あかおに》がはいってきました。

「ええっと。地獄甲子園《じごくこうしえん》の準決勝《じゅんけっしょう》ですが、日程《にってい》と時間《じかん》は昨日《きのう》、あのチームに伝《つた》えておきま

した。あちらからファルコンズにも連絡《れんらく》するそうです」

「うむ」

超閻魔大王《ちょうえんまだいおう》は小《ちい》さないすに無理《むり》やり座《すわ》り、なにかの用紙《ようし》を見《み》ながら返事《へんじ》をしました。赤《あか》鬼《おに》がひょいとのぞくと、そこには地獄甲子園《じごくこうしえん》のトーナメント表《ひょう》が描《か》かれています。

「あ、それ地獄甲子園《じごくこうしえん》のくみあわせですか。いよいよ準決勝《じゅんけっしょう》ですが、超閻魔大王様《ちょうえんまだいおうさま》はどのチームが優勝《ゆうしょう》すると思《おも》われますか？」

「それはワシにもわからんが」

超閻魔大王《ちょうえんまだいおう》はいすからおしりをはずしてたちあがり、シリアスなまなざしで窓《まど》の外《そと》をながめました。そこには地獄甲子園球場《じごくこうしえんきゅうじょう》がひろがっています。

「……ファルコンズだけはないだろうな。おそらく今回《こんかい》の敵《てき》にはかなうまい」

「山田虎太郎《やまだこたろう》という、ベースボールスピリットを持《も》った現世《げんせ》の助《すけ》っ人《と》もいるのに？」

「助《すけ》っ人《と》が戦《たたか》えるかどうか、そこも重要《じゅうよう》だ。まあ、ファルコンズは相手《あいて》が悪《わる》かった」

超閻魔大王《ちょうえんまだいおう》は両手《りょうて》をうしろでくみながら遠《とお》くをながめ、カッコよくそういいます。

でも部下《ぶか》の赤鬼《あかおに》はトーナメント表《ひょう》のすみにならべられた『超閻魔大王《ちょうえんまだいおう》のココがカッコい

超閻魔大王の
ココがカッコイイ!
・真剣な顔で窓の外を
ながめるワシ
片手でソバ
……

い！』というラクガキに『真剣《しんけん》な顔《かお》で窓《まど》の外《そと》をながめるワシ』というのを発見《はっけん》して、（とてもダサい）と思《おも》いました。

三十分前《さんじゅっぷんまえ》　地獄《じごく》の一丁目《いっちょうめ》スタジアム

赤黒《あかぐろ》い空《そら》に真《ま》っ黒《くろ》な雲《くも》がうかぶここは、地獄《じごく》の一丁目《いっちょうめ》スタジアム。地獄《じごく》の野球《やきゅう》チーム、桶狭間《おけはざま》ファルコンズの本拠地《ほんきょち》です。

今日《きょう》もここでは熱気《ねっき》がほとばしり、汗《あせ》で水《みず》たまりができてしまいそうなほど、はげしい練《れん》習《しゅう》がおこなわれていました。歴戦《れきせん》の戦国武将《せんごくぶしょう》たちはがんばってそれにたえていましたが……、

「今日《きょう》の練習《れんしゅう》はここまでじゃっ！」

空気《くうき》をゆるがすような信長《のぶなが》の大声《おおごえ》で、グラウンドにいたファルコンズのメンバーは、その場《ば》にへなへなとくずれおちてしまいます。

「き、今日《きょう》の練習《れんしゅう》はとくにキツかった……」

伊達政宗《だてまさむね》が、はあはあと四つんばいになりながらいいました。すると、

「まったくじゃ……」

グラウンドで大《だい》の字《じ》になり、胸《むね》を弾《はず》ませる毛利元就《もうりもとなり》がこたえます。

「超閻魔大王《ちょうえんまだいおう》が気《き》まぐれで、『優勝《ゆうしょう》したチームのキャプテンが、好《す》きな時代《じだい》のタイミングにもどって歴史《れきし》を改造《かいぞう》していい』、などといいだすから……、ワシらはそれを阻止《そし》するためにこんな苦労《くろう》を……」

「ああ。地獄甲子園《じごくこうしえん》の出場《しゅつじょう》チームは強豪《きょうごう》ばかりだからな。ちょっとやそっとでは、優勝《ゆうしょう》などできないだろう。だが歴史《れきし》というのは、人間《にんげん》たちが生《い》きた積《つ》みかさね。なんとしても守《まも》らなければならぬ。どれだけきびしい練習《れんしゅう》であっても……」

そこまで話《はな》すと、伊達政宗《だてまさむね》もその場《ば》にくずれました。グラウンドにたっているのは信長《のぶなが》だけで、のこりの選手《せんしゅ》はもうヘトヘトです。

「よいか！　試合《しあい》は明日《あす》の朝《あさ》じゃ。全員《ぜんいん》、つかれを明日《あした》にのこさぬよう、帰《かえ》ってゆっくりと休《やす》む……」

信長《のぶなが》がそういいかけると、とつぜん、あたりに野獣《やじゅう》の鳴《な》き声《ごえ》が聞《き》こえてきました。どこまでも不吉《ふきつ》で、はげしい獣《けもの》のうなり。なんだろう、これは……。もしかして地獄《じごく》にモンス

ターが……。全員《ぜんいん》が息《いき》をのむと、

「む。ワシのスマホが鳴《な》っておる。ハゲネズミ、とってこい」

と、信長《のぶなが》がベンチを指《ゆび》さしました。みんな（なんて着信音《ちゃくしんおん》だ……）と思《おも》いましたが、口《くち》にはだせません。魔王《まおう》、信長《のぶなが》にはさからえないのです。

「どうぞ、信長様《のぶながさま》っ！　どうやら地獄甲子園《じごくこうしえん》からのようですぞっ」

チームの中《なか》でもとくに信長《のぶなが》をおそれるサル……、ではなく豊臣秀吉《とよとみひでよし》、信長《のぶなが》のスマホを手《て》にすると光《ひかり》の速《はや》さでもどってきました。信長《のぶなが》はそれを受《う》けとって耳《みみ》にあてます。そして、

「なんだとっ！」

空《そら》がおちてきそうな大声《おおごえ》で、スマホにむかって怒鳴《どな》りつけました。

「クソッ！　やられた！」

信長《のぶなが》はスマホを、力《ちから》まかせにグラウンドにたたきつけます。そのこめかみにはいかりの青筋《あおすじ》もたっていて、チームメイトはみんな（ヤバいことになった……）と、見《み》つめあいま

した。モンスターはここにいたのです。

「あ、あの……。ど、どうしたのでしょうか。地獄甲子園《じごくこうしえん》が、なにか……？」

秀吉《ひでよし》がもみ手《で》をしながらたずねました。今日《きょう》は自分《じぶん》のスパイクのモデルが信長《のぶなが》のとかぶってしまい、信長《のぶなが》がご機嫌《きげん》ナナメなのを知《し》っているから、いつもよりていねいです。

「どうもこうもあるかっ！　つぎの試合《しあい》が、もうプレイボール寸前《すんぜん》じゃっ！」

「な、なんですとっ！」

秀吉《ひでよし》はおどろいた声《こえ》をだしました。そしてそれは秀吉《ひでよし》だけではありません。

「そ、そんな……。明日《あす》の早朝開始《そうちょうかいし》ではなかったのか？」

「あ、ああ。そのはずだ。午前《ごぜん》七時開催《じかいさい》と、相手《あいて》チームから連絡《れんらく》があった」

ファルコンズのメンバーはざわめきます。

「……ワールドヒーローズめ……」

信長《のぶなが》はくやしげに、相手《あいて》チームの名《な》を口《くち》にします。

「おそらく、ワシらに告《つ》げた時間《じかん》は、あやつらの国《くに》の時間《じかん》じゃろう。とぼけて日本時間《にほんじかん》とはズレた開始時間《かいしじかん》を伝《つた》えてきおったのだ。もちろん、ワザとじゃろうな」

「に、日本時間《にほんじかん》と……」

世界《せかい》には時差《じさ》があります。地獄《じごく》でもそうです。地獄《じごく》の地球《ちきゅう》は現世《げんせ》と逆回転《ぎゃくかいてん》しているため、日本《にほん》でお日様《ひさま》がしずむ時間《じかん》に、お日様《ひさま》がのぼる国《くに》もあるのです。

「者《もの》ども、こうしてはおれん！　地獄甲子園《じごくこうしえん》にいそぐぞ！」

信長《のぶなが》の号令《ごうれい》に、「お、おおっ！」と、腕《うで》をふりあげるファルコンズ。しかし、内心《ないしん》は不《ふ》安《あん》でした。

きびしい練習《れんしゅう》によってつかれた体《からだ》で、はたして準決勝《じゅんけっしょう》までのこった『世界《せかい》ワールドヒーローズ』に太刀《たち》打《う》ちできるのだろうか、と。

そしてその心配《しんぱい》は、現実《げんじつ》のものとなってしまいます。

地獄甲子園《じごくこうしえん》

ドカンとばくはつするような音《おと》が鳴《な》りひびくと、打球《だきゅう》は山《やま》なりのカーブをえがき、スタンドに消《き》えていきました。

マウンドの本多忠勝《ほんだただかつ》はがっくりとうなだれ、その場《ば》にしゃがみこみます。それを横目《よこめ》にワールドヒーローズの四番《ばん》、ナポレオンはゆうゆうとダイヤモンドを一周《いっしゅう》しました。そしてホームベースをふむと、

「見《み》たかね、ファルコンズのしょくん」

と、背筋《せすじ》をピンとのばし、気取《きど》った口調《くちょう》で守備《しゅび》のファルコンズにいいました。軍服《ぐんぷく》を着《き》ていさましい、だけど無表情《むひょうじょう》な相手《あいて》のキャプテンです。

「どんな手《て》を使《つか》おうが、勝《か》てばいいのだよ。勝《か》った者《もの》こそ、正義《せいぎ》なのだよ」

「ク、クソッ！　あれだけ卑怯《ひきょう》な手《て》を使《つか》っておいて！」

伊達政宗《だてまさむね》はグラブをグラウンドにたたきつけて怒《おこ》りました。だけどナポレオンはそんなものどこふく風《かぜ》。しれっとベンチのほうをむくと、すごく正《ただ》しい姿勢《しせい》のまま、すたすたと帰《かえ》っていきます。

試合開始《しあいかいし》にはギリギリでまにあったファルコンズ。

ですが、状態《じょうたい》は万全《ばんぜん》ではありません。奇襲《きしゅう》をかけられたようなかたちとなり、全員《ぜんいん》がひ

どくつかれていました。そんなことで、世界《せかい》の強豪《きょうごう》が集《あつ》められたワールドヒーローズとまともに戦《たたか》えるわけがありません。

ピッチャーの本多忠勝《ほんだただかつ》も、きつい練習《れんしゅう》でへろへろです。

まだ一回《いっかい》だというのに、いま、ナポレオンに打《う》たれたもので、このイニングに三本目《ぼんめ》のホームラン。

満員《まんいん》の地獄甲子園《じごくこうしえん》は、もうブーイングの嵐《あらし》。

遅刻寸前《ちこくすんぜん》にやってきて、打《う》たれまくるファルコンズ。

アロハシャツを着《き》た鬼《おに》や、テンガロンハットをかぶった魂《たましい》など、地獄甲子園《じごくこうしえん》のお客《きゃく》さんたちは手《て》づかみでポップコーンを口《くち》にほうりこみ、ブー、ブー、と不満《ふまん》の声《こえ》を口々《くちぐち》にグラウンドへ降《ふ》らせました。そんな声《こえ》も、ファルコンズナインの元気《げんき》を吸《す》いとっていきます。

——もう、ダメだ……。

ファルコンズのみんなは目《め》もうつろになってきました。

かつて武将《ぶしょう》として戦国《せんごく》の世《よ》をかけ抜《ぬ》けたほこりだけでたっていますが、本当《ほんとう》なら、もう夜《よる》のグラウンドにたおれていてもおかしくありません。

「クソッ」

さすがの信長《のぶなが》も、今回《こんかい》ばかりはどうしようもありませんでした。相手《あいて》のワナにまんまとはまってしまい、負《ま》けを覚悟《かくご》せざるを得《え》ません。いえ、負《ま》けどころか、このままではさいごまでグラウンドにたっていることも……。

——ハゲネズミよ、はやく……。

そう考《かんが》えていると、

「ククク……」

ベンチに座《すわ》るレオナルド・ダ・ヴィンチは不敵《ふてき》にわらい、かけているメガネを摘《つま》みました。

「試合《しあい》にまにあったことはほめてやるでーす。でもしょせん、おまえたちの野球《やきゅう》は歴史《れきし》があさいものでーす。我々《われわれ》のように古《ふる》くから野球《やきゅう》をやっていた地獄《じごく》メジャーの精鋭《せいえい》に、かなうわけがありませんでーす」

「まったく、そのとおりなのだよ」

ベンチでふんぞりかえる、ナポレオンも同意《どうい》します。

「歴史《れきし》のあさい野球《やきゅう》のクセに、最近《さいきん》は三国志《さんごくし》トーナメントに出場《しゅつじょう》したりと、少《すこ》しけしからんのだよ、ファルコンズのしょくん。若造《わかぞう》は若造《わかぞう》らしくしておかないと」

「やかましいわ」

一塁《るい》の信長《のぶなが》がいかりの口調《くちょう》で応《おう》じます。

「歴史《れきし》があさかろうがふかかろうが、実力《じつりょく》のあるチームが勝《か》つ。貴様《きさま》らこそ歴史《れきし》のふかさをほこるのであれば、ふさわしいプレーがあるはずだが」

「いったろう。どんな手《て》を使《つか》っても勝《か》てばいい。勝《か》った者《もの》が強《つよ》いのだよ、信長《のぶなが》クン」

ナポレオンはベンチでも背筋《せすじ》をピンとのばし、腕《うで》をくんでいます。

「吾輩《わがはい》たちは、急激《きゅうげき》に力《ちから》をつけてきたしょくんが気《き》にいらんのである。もしかすると、万《まん》が一《いち》の可能性《かのうせい》として、これからさきに吾輩《わがはい》たちが負《ま》ける未来《みらい》があるかもしれぬ。だから歴《れき》史《し》を改造《かいぞう》し、日本《にほん》に野球《やきゅう》が伝《つた》わらなくしてやるのであるよ」

「な、なんだと……。そこまで手段《しゅだん》を選《えら》ばないつもりか……」

信長《のぶなが》は歯《は》をくいしばりました。すると、

「センパイヨリ、スグレタ、コウハイナド、イネエ！」

と、打席《だせき》のペリーは、すごんでから三振《さんしん》しました。

そうしてピッチャーの本多忠勝《ほんだただかつ》は気合《きあ》いと根性《こんじょう》だけで、つぎのチンギス・ハーンも三振《さんしん》にとり、ようやくファルコンズの攻撃《こうげき》です。

ここで反撃《はんげき》して一気《いっき》に試合《しあい》をひっくりかえしてやりたいところですが、そうはうまくいきません。相手《あいて》は地獄《じごく》メジャーの精鋭《せいえい》たち。ワールドヒーローズです。

一回《いっかい》の裏《うら》も、二回《かい》の裏《うら》もファルコンズは三者凡退《さんしゃぼんたい》。いいところがまったくありません。

信長《のぶなが》のバットも真田幸村《さなだゆきむら》のバットも、むなしく空《くう》をきりました。

ナポレオンとダ・ヴィンチというメジャーバッテリーの前《まえ》に、なすすべがないのです。

なんとか、なんとかくらいついてやる！

ファルコンズのみんなは歯《は》をくいしばってくらいつきますが、三回表《かいおもて》。

ガキン！

という音《おと》とともに、再《ふた》び大《おお》きなアーチをえがくナポレオンの打球《だきゅう》。

それは吸《す》いこまれるように、満員《まんいん》の観客《かんきゃく》の大歓声《だいかんせい》の中《なか》へと消《き》えていきます。その大《おお》きな大《おお》きなあたりがあたえたしょうげきは、ファルコンズナインの気持《きも》ちをきってしまうにはじゅうぶんでした。

ツーランホームランで、5―0。三回表《かいおもて》でこの点差《てんさ》。

しかも絶望《ぜつぼう》は、これだけで終《お》わりません。

「ぐわあっ！」

と、徳川家康《とくがわいえやす》が守備《しゅび》で足《あし》の古傷《ふるきず》を痛《いた》めると、

「ぐう……！」

ただでさえ限界《げんかい》だった本多忠勝《ほんだただかつ》も、裏《うら》の攻撃《こうげき》でボールをあてられ負傷《ふしょう》。しかもスイングを判定《はんてい》され、死球《しきゅう》どころか三振《さんしん》をとられました。さらにこれでチェンジになっているのに、

「おっと。手元《てもと》がくるったのである」

と、ナポレオンはボールを渡《わた》すのになぜか全力投球《ぜんりょくとうきゅう》。それはネクストバッターズサークルにむかっていって、

「キャイン！」

信長《のぶなが》から逃《に》げるための山《やま》ごもりで野生化《やせいか》した島津義久《しまづよしひさ》も、ボールをあてられました。

「おぬしっ！　こんなこと……。ワザとあてたのではないでござるかっ！」

たまらず真田幸村《さなだゆきむら》が、ベンチから抗議《こうぎ》しました。しかしピッチャーのナポレオンは、

「はて、いいがかりはやめるのである。一生懸命《いっしょうけんめい》投《な》げているから、たまにはこういうこともあるのであるよ」

「く、くう！　わびのひとつもないとは！」

真田幸村《さなだゆきむら》はくやしさで、手《て》に持《も》っていたバットをへし折《お》りました。ファルコンズのみんなも、同《おな》じ気持《きも》ちです。こんな卑怯《ひきょう》なことをするヤツらに、手《て》も足《あし》もでないなんて……。

くやしい。くやしくてたまらない。だけど、もうどうしようもない……。

徳川家康《とくがわいえやす》はベンチで足《あし》をアイシングしていますが、つぎの守備《しゅび》にでられそうにありません。打席《だせき》でうずくまる本多忠勝《ほんだただかつ》も、きっともう限界《げんかい》です。島津義久《しまづよしひさ》なんか、気《き》を失《うしな》って
「ケーキ……」と、しあわせな寝言《ねごと》を口《くち》にしています。

このままでは、もう九回《かい》まで戦《たたか》うことすら不可能《ふかのう》。

メンバーがたりず、ここで試合放棄《しあいほうき》するしか道《みち》はありません。

「う、うう……。せっしゃたちには歴史《れきし》を守《まも》る使命《しめい》があるのに……」

真田幸村《さなだゆきむら》の目《め》からは、なみだが流《なが》れてきました。

「こんな負《ま》けかたなんて、あるのか……」

伊達政宗《だてまさむね》も、ベンチをガツンとなぐりつけます。

でも、どうしようもないものはどうしようもありません。

「おんやぁ？　どうやらファルコンズ、人数《にんずう》がびみょうになってきましたねぇ」

キャッチャーのダ・ヴィンチが、マスクをぬいでニヤッとわらいます。

「人数《にんずう》がたりないなら、しょうがないでーす。試合《しあい》は我々《われわれ》の勝《か》ちという……」

ダ・ヴィンチが勝利《しょうり》を宣言《せんげん》しようとした、まさにそのときでした。

「やれるもんならやってみろ！」

ファルコンズベンチの奥《おく》から、そんな声《こえ》が聞《き》こえてきます。スタジアム中《じゅう》の全員《ぜんいん》がそちらにふりむくと、そこにはファルコンズのF《エフ》マークバッジをつけた三人《にん》の男《おとこ》がいました。


「ぼくらが相手《あいて》になってやる！」

OKEHAZAMA
Falcons
OKEHAZAMA
Falcons

カッコイイワシ
リスト

2章《しょう》　卑《ひ》怯《きょう》な作《さく》戦《せん》!?

	1	2	3	4	5	6	7	8	9	計	H	E
世　界	3	0	2							5	5	0
桶狭間	0	0	0							0	0	0

世界 WORLD HEROES

1 ユリウス・カエサル 二
2 レオニダス一世 三
3 レオナルド・ダ・ヴィンチ 捕
4 ナポレオン・ボナパルト 投
5 マシュー・ペリー 一
6 チンギス・ハーン 中
7 始　皇　帝 左
8 ジャンヌ・ダルク 右
9 フランシスコ・ザビエル 遊

B
S
O

UMPIRE

CH	1B	2B	3B
赤	青	黒	桃
鬼	鬼	鬼	鬼

OKEHAZAMA Falcons

1 豊臣　秀吉 右
2 井伊　直虎 中
3 前田　慶次 左
4 織田　信長 一
5 真田　幸村 二
6 川島　高臣 捕
7 伊達　政宗 三
8 毛利　元就 遊
9 山田虎太郎 投

四回表《かいおもて》

マウンドにたったぼくは、ひさしぶりに怒《おこ》っていた。

地獄甲子園《じごくこうしえん》にとうちゃくするまでに、秀吉《ひでよし》がぼくたちへ話《はな》したこと。それはだまし討《う》ちをしかけてきたワールドヒーローズの手口《てぐち》だった。

ファルコンズはそのまま勝負《しょうぶ》を受《う》けなければいけなくて、でも体力《たいりょく》が限界《げんかい》。だから秀吉《ひでよし》は信長《のぶなが》にいわれて、大《おお》いそぎでぼくを呼《よ》びにきたってことだった。

しかも地獄甲子園《じごくこうしえん》のファルコンズベンチに着《つ》いたら、状況《じょうきょう》は悪化《あっか》している。家康《いえやす》に、本多忠勝《ほんだただかつ》、島津義久《しまづよしひさ》。

ファルコンズナインのうち、三人《にん》もケガで動《うご》けなくなっていた。しかも本多忠勝《ほんだただかつ》と島津《しまづ》義久《よしひさ》は、ワザとじゃないかってあてられかたで。

だから、ぼくは考《かんが》えるよりさきに言葉《ことば》がでてしまった。

ベンチの奥《おく》から「ぼくらが相手《あいて》になってやる！」って。

だって、あんなヤツら、絶対《ぜったい》に許《ゆる》せない。

助《すけ》っ人《と》に中学生《ちゅうがくせい》をつれてきた地元《じもと》のチームなんて、かわいく思《おも》えてくる。大好《だいす》きな野球《やきゅう》でこんなことをするなんて、自分《じぶん》にむかって泥《どろ》を投《な》げつけられたのと同《おな》じだ。かならず勝《か》って、まいったっていわせてやらないと……。

大歓声《だいかんせい》がそそがれる中《なか》、マウンドでプリプリ怒《おこ》っていると、

『虎太郎《こたろう》クン、目《め》がこわいよ』

頭《あたま》の中《なか》に、すんだ声《こえ》が聞《き》こえてくる。

ベンチを見《み》ると和服《わふく》を着《き》た天女見習《てんにょみなら》い、ヒカルがパタパタと羽《はね》を動《うご》かして、心配《しんぱい》そうにこっちを見《み》つめていた。いつも地獄《じごく》でぼくにいろんなことを教《おし》えてくれるやさしい女《おんな》の子《こ》だ。ヒカルはテレパシーが使《つか》えて、マウンドとベンチでこんな風《ふう》に会話《かいわ》できる。

『そ、そう？　ぼく、こわい目《め》してた？』

『うん。バナナを見《み》る秀吉《ひでよし》さんみたいな目《め》だった』

こわそうじゃないし、なんかイヤだな、それ。

「虎太郎《こたろう》、なにをぼんやりしている」

ヒカルと話《はな》していると、高臣《たかおみ》クンがマウンドにやってきた。ユニフォームを着《き》て、頭《あたま》にはキャッチャーマスクをのせている。

「しかし……、本当《ほんとう》にこんな世界《せかい》があるとはな」

「……ゴメンね。まきこんで」

「かまわない」

ぼくがあやまると、高臣《たかおみ》クンは表情《ひょうじょう》を変《か》えずに返事《へんじ》をした。

どうして、ついでにつれてこられただけの高臣《たかおみ》クンが、ここでキャッチャーマスクをかぶっているかというと、それには事情《じじょう》がある。三回裏《かいうら》が終《お》わったときだ。

キャッチャーの家康《いえやす》、ピッチャーの本多忠勝《ほんだただかつ》、外野手《がいやしゅ》の島津義久《しまづよしひさ》、負傷《ふしょう》した三人《にん》を地獄《じごく》甲子園《こうしえん》のお医者《いしゃ》さんに診《み》てもらうと、「出場《しゅつじょう》なんてとんでもないケガだ」と、怒《おこ》られてしまった。三人《にん》は絶対安静《ぜったいあんせい》で出場停止《しゅつじょうていし》。それなら、交代《こうたい》しなければいけない。

本多忠勝《ほんだただかつ》の代《か》わりはぼくだ。島津義久《しまづよしひさ》の代《か》わりは、秀吉《ひでよし》でだいじょうぶ。

だけどキャッチャーの代《か》わりなんて、そういない。

この事実《じじつ》はファルコンズの前《まえ》に大《おお》きくたちはだかった。ただでさえ三人《にん》もかけて、人数《にんずう》がたりない状態《じょうたい》なのに、代《か》わりがいないこのポジションで……。

ベンチの中《なか》、みんながそう思《おも》って暗《くら》くなっていたら、

「おれが、代《か》わろう」

そんなことをいって、高臣《たかおみ》クンは家康《いえやす》のキャッチャーマスクを手《て》にとった。

「お、おぬし……。高臣《たかおみ》クンといったな。いいのか？　きびしい戦《たたか》いになる。我々《われわれ》は負《ま》けることが許《ゆる》されないのだ」

ギプスで足《あし》をかためた家康《いえやす》がいうと、

「だいじょうぶです」

高臣《たかおみ》クンは、まっすぐに家康《いえやす》を見《み》てこたえた。

「聞《き》けば、おれが事故《じこ》にあって助《たす》かったのも、虎太郎《こたろう》がここでがんばったかららしいですし。おれがでるのは、あたり前《まえ》の話《はなし》です」

そうなのだ。

高臣《たかおみ》クンは事故《じこ》にあって生死《せいし》のさかいをさ迷《まよ》っていたけど、ぼくが超閻魔大王《ちょうえんまだいおう》のだした

『試合《しあい》に勝《か》てば』という条件《じょうけん》をクリアして、なんとか生《い》きかえらせてもらった。それを地《じ》獄甲子園《ごくこうしえん》にくる途中《とちゅう》に、秀吉《ひでよし》が話《はな》したってわけ。

「それに」

高臣《たかおみ》クンは足《あし》にも防具《ぼうぐ》を着《つ》けて、こっちを見《み》あげた。

「聞《き》くところによると、まだおれは完全《かんぜん》に生《い》きかえっていない。そうだな？」

高臣《たかおみ》クンの質問《しつもん》に、「……うん」と、ここまできたらかくし事《ごと》もナシだと思《おも》い、ぼくはしょうじきにいった。

「いまは、まだぼくの寿命《じゅみょう》を半分《はんぶん》あげている状態《じょうたい》なんだ。完全《かんぜん》に生《い》きかえるには、優勝《ゆうしょう》するしかない。そうしたら超閻魔大王《ちょうえんまだいおう》が、事故《じこ》そのものをなかったことにしてくれるって」

「わかった。まかせておけ」

高臣《たかおみ》クンは迷《まよ》いのない声《こえ》で返事《へんじ》をした。男前《おとこまえ》だ……。

という感《かん》じで、キャッチャーは高臣《たかおみ》クンに代《か》わって、ぼくらは守備《しゅび》についたってわけ。ファルコンズが守備《しゅび》の交代《こうたい》をしたことで、夜《よる》のスタンドはすごくわいた。

そしてワーワーと降《ふ》ってくる歓声《かんせい》は、ほとんど好意的《こういてき》なものに思《おも》える。

そりゃ、あのまま負《ま》けていたら、お客《きゃく》さんだっておもしろくないだろうし、きっと卑怯《ひきょう》なワールドヒーローズに勝《か》ってくれってねがいもあると思《おも》う。

三回《かい》まではブーイングがあったらしいけど、それだってきっと、ワールドヒーローズに勝《か》ってくれっていうお客《きゃく》さんの思《おも》いからだ。

「で、高臣《たかおみ》クン。本当《ほんとう》に、だいじょうぶ？」

マウンドで念《ねん》を押《お》すぼくにうなずく高臣《たかおみ》クン。

「もちろんだ。それに――」

高臣《たかおみ》クンは、グラウンドをぐるっと見《み》まわした。

「歴史上《れきしじょう》の人物《じんぶつ》がこんなにいるなんて……。本当《ほんとう》に、これ、すごいことだぞ……」

「そ、そうなの？」

「思《おも》わないのか？」

あまり歴史《れきし》はくわしくないし、何回《なんかい》も何回《なんかい》もここで試合《しあい》しているから、しょうじきいって、なれちゃった感《かん》じがあるけど……。

「おいおい。本当《ほんとう》か、虎太郎《こたろう》。ファルコンズのあのひとは織田信長《おだのぶなが》さんだろ？」

「うん」

「さっきのサル……、ひとは豊臣秀吉《とよとみひでよし》さん」

「うん」

「あっちのチームのキャプテンはナポレオンさん」

「……そうなの？」

聞《き》きかえすと、高臣《たかおみ》クンはすごい辛《から》いカレーを食《た》べちゃったみたいな顔《かお》をする。きっと成績《せいせき》がよくて勉強熱心《べんきょうねっしん》な高臣《たかおみ》クンは、ぼくとちがってこういう『知《し》りたい欲求《よっきゅう》』を刺激《しげき》する場所《ばしょ》が大好《だいす》きなんだ。一応《いちおう》、地獄《じごく》なのに……。

だからって、そんな顔芸《かおげい》するほどあきれなくてもいいじゃない、と、キャッチャーボックスに帰《かえ》っていく高臣《たかおみ》クンをながめていたら、
ヒヒーン！

と、相手《あいて》ベンチのほうから、馬《うま》のいななき。

「う、馬《うま》っ？」

あわてて見《み》るとベンチの前《まえ》では、高臣《たかおみ》クンが『ナポレオン』って呼《よ》んでいたひとが、白《しろ》い馬《うま》にまたがり、遠《とお》くを指《ゆび》さしていた。しかも馬《うま》は車《くるま》のウイリー走行《そうこう》みたいに、前足《まえあし》をはねあげている。

「現世《げんせ》からきたしょくん！」

ナポレオンは白馬《はくば》にのったまま、大《おお》きな声《こえ》でいった。なんていうか、チームの監督《かんとく》とかが円陣《えんじん》をくむときにいうような、みんなをまとめるような口調《くちょう》だった。

「あらためて自己紹介《じこしょうかい》をするのである。吾輩《わがはい》はフランスの皇帝《こうてい》、ナポレオンである！」

『追放《ついほう》されちゃったから、元《もと》、皇帝《こうてい》だけどね』

ヒカルがこっそりテレパシーで教《おし》えてくれた。

「現世《げんせ》からやってきた子供《こども》たち！　ファルコンズをピンチからすくったこと、まずはほめておくのである！　だが！」

ナポレオンはそういってから、グラウンドを見《み》まわす。

「戦場《せんじょう》では、子供《こども》とてようしゃはせんのである！　おまえたちをたたきつぶし、吾輩《わがはい》は歴《れき》史《し》を支配《しはい》するのである！　日本《にほん》に野球《やきゅう》がはいらないようにするのである！」

「そ、そんな！」

日本《にほん》に野球《やきゅう》を？　ムチャクチャだ！

『ナポレオンさんはね』

おどろいていると、ヒカルの声《こえ》。

『たぶん、急激《きゅうげき》に力《ちから》をつけてきた日本《にほん》の野球《やきゅう》をおそれているの。このままじゃ、先輩《せんぱい》で地《じ》獄《ごく》メジャーリーグにいる自分《じぶん》たちが追《お》い越《こ》されるかもしれないって。だからそうならないように、日本《にほん》に野球《やきゅう》がはいらないようにしたいんだよ』

『そ、そんな、卑怯《ひきょう》だよ！』

それなら自分《じぶん》たちだって、練習《れんしゅう》してもっとうまくなればいいのに……。ライバルをいなくしようとするなんて、あんまりだ！

『ナポレオンさんは「吾輩《わがはい》はいつも二年《ねん》さきのことを考《かんが》えている」って生前《せいぜん》にいってたからね。きっと先手《せんて》を打《う》ちたいんだ』

『だからって……』

ぼくはくやしくて、くちびるをかんだ。

そんな卑怯《ひきょう》なことをするために、この地獄甲子園《じごくこうしえん》で優勝《ゆうしょう》をねらっているのか？　ぼくたちもそうだけど、いままで戦《たたか》ってきた他《ほか》のチームだって、みんな自分《じぶん》の使命《しめい》にもえていたのに……。


「虎太郎《こたろう》！」


いかりをもやしていると、ファーストから天地《てんち》をゆるがす大《おお》きな声《こえ》。ナポレオンのようなものとはちがう、威厳《いげん》と重《おも》みに満《み》ちた声《こえ》だ。

ぼくはとっさにファーストに目《め》をうつす。

するとそこにいるのは、やっぱり戦国最強武将《せんごくさいきょうぶしょう》の織田信長《おだのぶなが》。

ピリピリと肌《はだ》をさすようなふんいきを発《はっ》し、マントを風《かぜ》にはためかせていた。その姿《すがた》はとてつもない迫力《はくりょく》で、まっすぐにぼくを見《み》つめている。

「の、信長《のぶなが》さん……」

「わかっているな！　勇気《ゆうき》あるところに力《ちから》あり！」

信長《のぶなが》は大声《おおごえ》でつづける。

「ベースボールスピリットを高《たか》め、相手《あいて》に挑《いど》め！　さすればおまえの実力《じつりょく》の証《あかし》は光《ひかり》をおびるであろう！　相手《あいて》にまどわされず、実力《じつりょく》でワールドヒーローズをふんさいしてやるのだ！」

「う、うん！」

ぼくは大《おお》きくうなずき、

「ナポレオンさん！」

と、相手《あいて》ベンチをにらみつけていった。

「勝《か》つのはぼくたちだ！　絶対《ぜったい》に負《ま》けない！」

「ほう」

ナポレオンはあいかわらずの無表情《むひょうじょう》で、返事《へんじ》をした。

「おもしろいのである。強《つよ》い者《もの》が勝《か》つのではなく勝《か》ったほうが強《つよ》いということ、思《おも》い知《し》らせてやるのである」

※

「たあああああっ！」

と、雄叫《おたけ》びをあげて投《な》げたボールは真《ま》ん中《なか》にキマって、これでストライクが三《みっ》つ目《め》。それにぼくはおもわずガッツポーズ！　まずは先頭《せんとう》のチンギス・ハーンを三振《さんしん》だ！　って思《おも》っていたら、

「あまい」

ぼくのゆだんを見抜《みぬ》いたのか、高臣《たかおみ》クンがマウンドまでやってきた。

「いや、あまいって……。ちゃんと三振《さんしん》にしたし……」

「いいや。いまのは球威《きゅうい》で押《お》しきったけっかだ。ゆだんがコントロールをあまくしている。このままでは少《すこ》しのミスで打《う》たれてしまう」

「いや、だいじょうぶ……」

「虎太郎《こたろう》。おまえのボールはたしかに速《はや》いが、相手《あいて》のレベルを考《かんが》えると絶対的《ぜったいてき》とはいえない。リードはまかせて、おれのいうとおりに投《な》げるんだ」

「う、うん……」

高臣《たかおみ》クンは、ぼくの返事《へんじ》を聞《き》くと、納得《なっとく》して帰《かえ》っていった。でも、ちゃんとおさえているんだからいいじゃないかと思《おも》うけど……。そう考《かんが》えていたら、

「つぎは朕《ちん》の打順《だじゅん》じゃの。しかしチンギス・ハーンめ、三振《さんしん》とは役立《やくた》たずじゃ」

打席《だせき》につぎのバッターがはいってくる。なんか仲間《なかま》の悪口《わるぐち》いってるけど。

『始皇帝《しこうてい》さんは歴史上《れきしじょう》はじめて、中国《ちゅうごく》を統一《とういつ》したひとだよ。きっとチンギス・ハーンさんがきらいなんだね』

頭《あたま》にひびくヒカルの声《こえ》。

『へえ、どうしてなの、ヒカル』

『うん。中国《ちゅうごく》を統一《とういつ》した始皇帝《しこうてい》さんは、北《きた》からの異民族《いみんぞく》の侵入《しんにゅう》をふせぐために、万里《ばんり》の長城《ちょうじょう》っていう壁《かべ》を強固《きょうこ》にしたんだ。でも中国《ちゅうごく》に金《きん》っていう王朝《おうちょう》があった時代《じだい》に、チンギス・ハーンさんは万里《ばんり》の長城《ちょうじょう》を突破《とっぱ》して金《きん》に攻《せ》めいってきたの』

『ああ、それで……』

万里《ばんり》の長城《ちょうじょう》の名前《なまえ》くらいは、さすがにぼくも聞《き》いたことがある。きっと歴史的《れきしてき》にも有名《ゆうめい》な自分《じぶん》の建造物《けんぞうぶつ》をこわされて、怒《おこ》っているんだな。でも、

「ちょちょちょちょちょちょ、ちょっと待《ま》ってや、始皇帝《しこうてい》のダンナはん」

それを聞《き》いてだまってないのがチンギス・ハーンだ。三振《さんしん》してベンチに帰《かえ》りかけていたのに、また打席《だせき》にまいもどってくる。

全身虎柄《ぜんしんとらがら》のファッションで、関西弁《かんさいべん》のモンゴル帝国初代皇帝《ていこくしょだいこうてい》。前《まえ》に対戦《たいせん》したことあるけど、これは猛虎魂《もうこだましい》じゃなくて蒙古魂《もうこだましい》らしい。

「たしかにワシ三振《さんしん》してもうたけど、そんないいかたってないやないですか」

「なんじゃと？　朕《ちん》を誰《だれ》だとこころえる。秦《しん》の始皇帝《しこうてい》なるぞ」

「始皇帝《しこうてい》がなんぼのもんじゃい！　ワシは三大洋《さんたいよう》に面《めん》する帝国《ていこく》のきそをきずいた、モンゴル帝国《ていこく》のチンギス・ハーンでっせ！」

「うぬ？　三《みっ》つの？」

「なにい？　秦《しん》やて？」

「三《みっ》つの秦《しん》！　ではチンギス・ハーンどの。これがホントの」

「三秦《さんしん》やないですか！」

チンギス・ハーンと始皇帝《しこうてい》は、そんな即席《そくせき》インチキ漫才《まんざい》をくりひろげ、クルッと首《くび》をまわしてこっちを見《み》た。「どうだ」って感《かん》じで見《み》つめられても……。スタンドもしずまりかえっているし、だいたいふたり、仲《なか》がよさそうじゃん。

「あれ？　思《おも》ったよりウケませんでしたな、始皇帝《しこうてい》のダンナはん」

ふしぎそうなチンギス・ハーン。

「うむ……。やはりデッドボールをくらって、死球《しきゅう》と死《し》んだ朕《ちん》をかけ、死皇帝《しこうてい》としたほうがよかったのかのう……」

始皇帝《しこうてい》も首《くび》をひねるけど、絶対《ぜったい》ちがうと思《おも》う。しかもぼくが現世《げんせ》で高臣《たかおみ》クン相手《あいて》にスべったダジャレを思《おも》いだして、こころが痛《いた》い。

「フン。漫才《まんざい》コンビ『朕《ちん》とチンギス』のせっかくのデビューだったのに、あと味《あじ》が悪《わる》い。かくなる上《うえ》はヒットでも打《う》たんとベンチに帰《かえ》れぬわ」

始皇帝《しこうてい》はそういって、バットをにぎった。さっきの、そんなコンビ名《めい》だったのか……。

なんか、威圧《いあつ》されてしまうぞ、これ……。どこに投《な》げよう……。

思《おも》っていると、高臣《たかおみ》クンのサイン。目《め》をこらすと、要求《ようきゅう》されているのはボール球《だま》だった。

きっと高臣《たかおみ》クンも同《おな》じ気持《きも》ちで、様子《ようす》を見《み》ようってことだ。今日《きょう》が地獄《じごく》デビューの高臣《たかおみ》クンは、きっとぼく以上《いじょう》にとまどっている。

「じゃあ、投《な》げるよ！」

ぼくは腕《うで》をふりかぶると、一球目《いっきゅうめ》を投《な》げた。

ボールはビューンと、ストライクゾーンの外側《そとがわ》にそれていく。ちょっとはずしすぎたかもだけど、これで始皇帝《しこうてい》がどう反応《はんのう》するか見《み》ておかなくては……。

そう考《かんが》えていたら、

「まだまだじゃぞ、小僧《こぞう》！」

始皇帝《しこうてい》はそう叫《さけ》ぶ。見《み》ると始皇帝《しこうてい》の持《も》っているバットが、いきなりにょきにょきにょきっと、まるでゴムをひっぱるみたいにのびていった。

「え、ええっ！　なにそれ！」

ぼくはおどろくけど、始皇帝《しこうてい》は動《どう》じない。グッと足《あし》をふみこませ、

「いくのじゃ！　万里《ばんり》の長城《ちょうじょう》バット！」

そう叫《さけ》んで、バットをフルスイング！

「そ、そんなっ！」

「ふははは！　朕《ちん》がおねがいして、ダ・ヴィンチどのにつくってもらった、のびーるバット、万里《ばんり》の長城《ちょうじょう》よ！　漫才《まんざい》の恨《うら》み思《おも》い知《し》れ！」

まだ根《ね》に持《も》ってたの？　っていうか、のびるバットって！

『万里《ばんり》の長城《ちょうじょう》は、「史上最長《しじょうさいちょう》の建造物《けんぞうぶつ》」って呼《よ》ばれているんだよ！　きっとそれをヒントにしたバットなんだ！』

ヒカルが説明《せつめい》してくれるけど、こんなのってアリ？

しかも万里《ばんり》の長城《ちょうじょう》バットはボールを芯《しん》でとらえちゃって、きれいにレフト前《まえ》に打球《だきゅう》を弾《はじ》きかえした。始皇帝《しこうてい》は一塁《るい》まではしっていくと、「朕《ちん》とチンギス！」っていいながら、たぶん漫才《まんざい》でウケたとき用《よう》のポーズをしている。

「そんなあ……。バットがのびるなんて、卑怯《ひきょう》だよ……」

ぼくはマウンドにうなだれる。すると、

「くく……！」

と、相手《あいて》ベンチから声《こえ》が聞《き》こえてきた。

目《め》をむけると、そこには博士《はかせ》が着《き》るような服《ふく》を着《き》たメガネのひとが、不敵《ふてき》な笑《え》みをうかべてこっちを見《み》ていた。ふくみわらいっぽい声《こえ》なのに、なぜかボリュームがやたらデカい。

なにか聞《き》いてほしいのかな。

「えーっと……」

『あれは、レオナルド・ダ・ヴィンチさんだね。相手《あいて》の副《ふく》キャプテン』

『あれが、さっきの……。ありがと』

ぼくはヒカルに返事《へんじ》をして、

「ダ・ヴィンチさん、なにか用《よう》？」

と、相手《あいて》ベンチを見《み》て問《と》いかけた。

「いやいやいや。あんな万里《ばんり》の長城《ちょうじょう》バットくらいでおどろいているのが、かわいいヒヨコちゃんだなあと思《おも》いましてでーす」

レオナルド・ダ・ヴィンチがそんなことをいうと、

「いや、虎太郎《こたろう》はヒヨコじゃないし、そんなにかわいくないと思《おも》うが……」

高臣《たかおみ》クンが首《くび》をかしげた。

「そんなことは問題《もんだい》ではないのでーす。本当《ほんとう》に言葉《ことば》をそのまま受《う》けとるなあ……。ピッチャーのあなた、虎太郎《こたろう》クンといいましたか？」

「え？　う、うん」

「よいでーすか？　ワールドヒーローズのメンバーたちには、ワタシの発明品《はつめいひん》の数々《かずかず》をあたえておりまーす。覚悟《かくご》しておくがいいでーす！」

「ど、道具《どうぐ》を……？　でも、みんな野球《やきゅう》をやってるのに……」

「ククク……。まさにそれこそが、今回《こんかい》の研究《けんきゅう》のテーマ。道具《どうぐ》で勝《か》たせる野球《やきゅう》でーすねー」

「そ、そんな！　道具《どうぐ》の力《ちから》で勝《か》とうなんて！」

そんなの、野球《やきゅう》の試合《しあい》じゃない！

「なんといわれようと、道具《どうぐ》の力《ちから》で勝《か》つことこそがワタシにとって重要《じゅうよう》でーす。ワタシは死《し》んでからこれまでずっと、自分《じぶん》の発明《はつめい》で世界《せかい》を変《か》えたいと思《おも》っていましたでーす。今回《こんかい》、

ナポレオン閣下《かっか》のおかげでようやくその夢《ゆめ》がかなうのでーす！」

ダ・ヴィンチは手《て》をグッとにぎって、そういった。

『レオナルド・ダ・ヴィンチさんはね、芸術以外《げいじゅついがい》でも、いろんな発明《はつめい》をしていたんだ。「万能《ばんのう》の天才《てんさい》」って呼《よ》ばれていて、すごく頭《あたま》がいいんだよ』

『だ、だからって……』

ヒカルの説明《せつめい》にも、素直《すなお》にうなずけない。ぼくはくやしい気持《きも》ちになって、くちびるをかんだ。

「どんな手《て》を使《つか》おうが、勝《か》てばいいのである！」

今度《こんど》は相手《あいて》ベンチの奥《おく》から、胸《むね》をはって座《すわ》っているナポレオンの低《ひく》い声《こえ》。

「吾輩《わがはい》たちは、勝《か》つために手段《しゅだん》を選《えら》ばないのである！　勝《か》ったチームこそが英雄《えいゆう》であり、正義《せいぎ》なのである！」

「な、なんてことを……」

「あたり前《まえ》のことをいっただけである！　吾輩《わがはい》は生前《せいぜん》、たった数回《すうかい》負《ま》けてしまったことにより、ひどい屈辱《くつじょく》を味《あじ》わったのである。しかも相手《あいて》は……」

ナポレオンはギリッと歯《は》ぎしりをしたあと、にらむようにぼくを見《み》た。

「……まあ、よい。そのとき、吾輩《わがはい》は学《まな》んだのである！　勝《か》ったほうが正義《せいぎ》だと！」

「そんなこといってられるのも、いまの内《うち》だよ！」

ぼくはボールをぎゅっとにぎりながら、相手《あいて》ベンチをにらんだ。

そしてナポレオンにも、ダ・ヴィンチにも、他《ほか》のワールドヒーローズのメンバーにも聞《き》こえるように、大《おお》きな声《こえ》で宣言《せんげん》する。


「まちがいを、わからせてやる！」

五回裏《かいうら》

けっきょく四回《かい》、五回《かい》ともにひとりずつランナーをだしちゃったけど、ぼくはワールドヒーローズ打線《だせん》をなんとか0点《てん》におさえることができた。

しかしそれでも手《て》こずったことに変《か》わりはない。やはりダ・ヴィンチの発明《はつめい》は手《て》ごわかった。凡退《ぼんたい》にしたひとでも、かなりねばられちゃったし……。

「だから、あまいといったんだ」

ベンチで手《て》を見《み》つめていると、高臣《たかおみ》クンが注意《ちゅうい》する口調《くちょう》でいった。ホント、母《かあ》さんみたいに口《くち》うるさいんだから……。

「わかってるよ、気《き》をつけるから」

「わかっていたらいい。しかし……」

高臣《たかおみ》クンは、グラウンドを見《み》つめた。

「相手《あいて》が卑怯《ひきょう》だというのは、許《ゆる》せないな。それは野球《やきゅう》を冒瀆《ぼうとく》する行為《こうい》だ」

「ぼ……？　あ、うん！　そ、そうだよね」

『虎太郎《こたろう》クン、冒瀆《ぼうとく》っていうのは、大切《たいせつ》なものをけなしたりすることだよ』

ヒカルが、ぼくのわからなかった言葉《ことば》を見抜《みぬ》いて、テレパシーで教《おし》えてくれる。高臣《たかおみ》クンとは逆《ぎゃく》で、こっちはなんでもかんでもわかりすぎて問題《もんだい》だ。恥《は》ずかしい。

「ところで、虎太郎《こたろう》」

顔《かお》を赤《あか》くしていると、高臣《たかおみ》クンがネクストバッターズサークルにたつ信長《のぶなが》と、その足元《あしもと》にいる秀吉《ひでよし》を指《ゆび》さした。

「この回《かい》の先頭《せんとう》は信長《のぶなが》さんだったな？」

「え、うん。そうだけど」

「なら、あの足元《あしもと》の秀吉《ひでよし》さんはなにをしているんだ？　まだ打順《だじゅん》はかなりさきだが」

「ああ、あれ。なにやってると思《おも》う？」

なにをしているか知《し》っているぼくは、へへんと思《おも》ってクイズをだした。

っていうか、普段《ふだん》はぼくが知《し》っていて、高臣《たかおみ》クンが知《し》らないことなんてあまりないから、たまにはこういうの、気分《きぶん》がいいな。

「？　わからない。見《み》ていよう」

高臣《たかおみ》クンはメガネを光《ひか》らせ、グラウンドに目《め》をもどす。そこでは秀吉《ひでよし》が胸元《むなもと》から、

「さ、信長様《のぶながさま》。これをどうぞ」

と、スパイクをとりだし、それを地面《じめん》においているところだった。信長《のぶなが》は「うむ」とだけ返事《へんじ》をして、スパイクに足《あし》をつっこんでヒモをむすんでいる。

「あ、あれは、もしや……」

高臣《たかおみ》クンはおどろいた顔《かお》をする。

「わかった？　あれは秀吉《ひでよし》さんが、信長《のぶなが》さんのスパイクが冷《ひ》えないように……」

「あれはもしや、歴史《れきし》に名高《なだか》い『草履《ぞうり》をあたためる豊臣秀吉《とよとみひでよし》』なのか？」

「え、え？　歴史《れきし》に名高《なだか》いの？」

それは知《し》らなかった。っていうかけっきょく、高臣《たかおみ》クンが知《し》っていてぼくが知《し》らないという、いつもと同《おな》じ感《かん》じになってしまって、ちょっとくやしい。

「そうか……。あの話《はなし》は本当《ほんとう》だったんだな。なんて気《き》づかいができるひとなんだろう、秀《ひで》吉《よし》さん……」

高臣《たかおみ》クンが目《め》をキラキラさせて、秀吉《ひでよし》を見《み》つめる。

「そうかな、信長《のぶなが》さんがこわいだけだと思《おも》うけど……」

「バカな、なにをいってるんだ、虎太郎《こたろう》。秀吉《ひでよし》さんはスパイクをあたためただけじゃないぞ。信長《のぶなが》さんのスパイクをよく見《み》ろ！」

「スパイクを？」

なんのことだろう？　ぼくはふしぎに思《おも》ってそのスパイクに目《め》をこらす。すると、

OKEHAZAMA
Falcons
OKEHAZAMA
Falcons

「あっ！」

と、おもわず声《こえ》をだしてしまう。

なぜならそのスパイクの横側《よこがわ》には『おだのぶなが』と、かなり大《おお》きな字《じ》で名前《なまえ》が書《か》かれてあったから。あの信長《のぶなが》のスパイクを、小《ちい》さい子供《こども》にするみたいに……。

「わかったか。秀吉《ひでよし》さんは親切《しんせつ》にも、スパイクに信長《のぶなが》さんの名前《なまえ》まで書《か》いてあげているんだ。これは、すごい気《き》づかいだぞ！」

「き、気《き》づかいなのかな、あれ……」

信長《のぶなが》があれ見《み》つけたら、すごい怒《おこ》りそうだけど。

「信長様《のぶながさま》のスパイク、ワシのと同《おな》じやつで、たまにまちがえちゃうんじゃよね」

ベンチに帰《かえ》ってきた秀吉《ひでよし》は、筆《ふで》と墨《すみ》を持《も》ってそういう。信長《のぶなが》がこわいクセに、ときどき変《へん》な大冒険《だいぼうけん》するなあ。あれ、こすったら色《いろ》がうつっちゃうよ。

ぼくがそう思《おも》ってあきれた目《め》で見《み》ていると、

「ひ、秀吉《ひでよし》さん！」

と、秀吉《ひでよし》の前《まえ》にたつ高臣《たかおみ》クン。その目《め》には、なぜかすごい決意《けつい》が宿《やど》っている。

「な、なんじゃ、おぬし。なんの用《よう》だ」

「おねがいです！　おれをデシにしてください！」

高臣《たかおみ》クンは、そういって頭《あたま》をさげる。でもデシって？　デシ？

「え、高臣《たかおみ》クン……。デシって、なに？　デシリットルのデシ？」

「バカ、虎太郎《こたろう》。デシといえば、師匠《ししょう》と弟子《でし》の弟子《でし》にきまってるだろ！」

「え、ええっ！」

ぼくはビックリぎょうてんして、腰《こし》を抜《ぬ》かした。ぼくだけじゃなくて、ファルコンズベンチみんながそう。っていうか、秀吉本人《ひでよしほんにん》まで。

「な、な、なんでじゃ？」

秀吉《ひでよし》がふしぎそうに聞《き》く。本人《ほんにん》からしてこれなんだから。

「はい！　おれはむかしから気《き》がきかないところがあって、ずっとそれを気《き》にしていました！　気《き》づかいとは相手《あいて》を読《よ》むことであって、名《めい》キャッチャーの条件《じょうけん》です！　だからもっとキャッチャーとして腕《うで》をみがくため、秀吉《ひでよし》さんに弟子入《でしい》りの志願《しがん》をしたわけであります！」

「そ、そうか、うむ」

秀吉《ひでよし》はたちあがり、コホンとせきばらいをした。本人《ほんにん》にとっても予想外《よそうがい》って、よほどほめられるものがないんだろうなあ。

「し、しかしのう、高臣《たかおみ》とやら。弟子《でし》といっても、ワシは地獄《じごく》の住人《じゅうにん》で、おぬしは現世《げんせ》の子供《こども》じゃ。まあ、悪《わる》いことはいわんからやめて……」

「そんなの、関係《かんけい》ありません！」

「……うむ」

秀吉《ひでよし》は困《こま》ってしまっている。悪《わる》い気《き》はしていないハズだけど、なんだかちょっと、高臣《たかおみ》クンの迫力《はくりょく》にビビってる感《かん》じだ。

「わかった、じゃあ、高臣《たかおみ》よ！」

「はい！」

「この打席《だせき》で、信長様《のぶながさま》がホームランを打《う》てたら弟子《でし》にしてやろう！」

秀吉《ひでよし》は打席《だせき》を指《ゆび》さしていった。これはたぶん、遠《とお》まわしに断《ことわ》っているんだ。

「ホームランですか？　でも、都合《つごう》よくホームランなんて……」

「いいや、高臣《たかおみ》。ふたりの人間《にんげん》が師弟関係《していかんけい》になるというのは、運命《うんめい》のようなもの。おぬしがワシの弟子《でし》になる運命《うんめい》なら……」

秀吉《ひでよし》がここまでいったところで、グラウンドからカーンという気持《きも》ちのいい音《おと》。

あ、と思《おも》ってグラウンドに目《め》をうつすと、信長《のぶなが》はバットをふり抜《ぬ》いたまま遠《とお》くをながめていて、その視線《しせん》を追《お》うと、白球《はっきゅう》がレフトのはるか上空《じょうくう》を越《こ》え、スタンドのむこうに消《き》えていったところだった。

「ホームラン……」

ベンチの中《なか》の誰《だれ》かがつぶやく。するとダイヤモンドを一周《いっしゅう》する信長《のぶなが》は、くやしそうにくちびるをゆがめるピッチャーのナポレオンを指《ゆび》さした。

「いいか。貴様《きさま》らはここで負《ま》ける運命《うんめい》なのだ」

※

スパイクに名前《なまえ》を書《か》いたことがバレて、頭《あたま》にコブをつくった秀吉《ひでよし》。ベンチで悲《かな》しそうに、しくしく泣《な》いている。っていうか、いわんこっちゃない。

「師匠《ししょう》、これを……」

高臣《たかおみ》クンがハンカチをさしだすと、秀吉《ひでよし》はそれでチーンと鼻《はな》をかんだ。高臣《たかおみ》クン、そんなの見《み》て、まだ秀吉《ひでよし》が気《き》づかいのひとだと思《おも》う？

「さ、では、そろそろおれの打順《だじゅん》だ。いってくる」

高臣《たかおみ》クンはヘルメットをかぶると、たちあがって打席《だせき》にむかう。

するとヒカルに「がんばって！」っていわれて、ちょっとてれくさそうに、ほっぺを赤《あか》くした。なんか、地獄《じごく》にきてから高臣《たかおみ》クンのキャラが変《か》わった気《き》がするんだけど……。

「高臣《たかおみ》クン、打《う》てるかなあ」

前《まえ》を見《み》ていると、ヒカルが両手《りょうて》をくんで、お祈《いの》りするようにそういった。

「わからない。ナポレオンさん、これまではふつうの投《な》げかただったけど……」

「けど？」

ヒカルが首《くび》をかしげて、ぼくを見《み》る。

「うん。気《き》になって。だって『勝《か》つためには手段《しゅだん》を選《えら》ばない』っていってるひとだし。もしかしたら信長《のぶなが》さんにホームランを打《う》たれたことで、なにかしかけてくるかもしれない」

「あ、そうだね。気《き》をつけないと」

ヒカルは返事《へんじ》をして、前《まえ》をむいた。そこでは高臣《たかおみ》クンがバットをかまえて、ナポレオンをにらみつけているところだった。

「ナポレオンさん」

高臣《たかおみ》クンは、目《め》をギラリとさせて名前《なまえ》を呼《よ》んだ。

「そろそろこちらの反撃開始《はんげきかいし》だ。あなたの投球《とうきゅう》のくみたては、もう頭《あたま》の中《なか》にはいっている。悪《わる》いがヒットを打《う》たせてもらおう」

ナポレオンをじっとにらむ高臣《たかおみ》クン。しかしナポレオンは胸《むね》をはって腕《うで》をくみ、まだまだよゆうの表情《ひょうじょう》だ。

「フフン。まあ、思《おも》ったよりはやるようであるな、しょくん」

「外見《がいけん》だけ平気《へいき》なフリをしても無駄《むだ》だ。こっちは四点《てん》かえさないといけないからはやく投《な》げてほしいのだが、まあ、おれがこわいのならしかたない。少《すこ》し待《ま》とう」

「くっ。子供《こども》のクセになまいきであるな。いいだろう。しかしそれは……」

ナポレオンはいいながらふりかぶった。そして一気《いっき》にボールを……。

投《な》げ……、あれ？　あ、動《うご》いた。投《な》げ……ない。いや、今度《こんど》こそ……。

投《な》げない？　あれ？

なにやってんの、あれ？

どうしてかナポレオンは動《うご》いたり、とまったりをくりかえし、動《うご》きをカクカクさせている。そしてようやく腕《うで》をふったと思《おも》うと、

「しょくんらの負《ま》けで、ゲームセットがはやまるためであるっ！」

と、ちょっとおそいタイミングで言葉《ことば》のつづきを叫《さけ》んだ。でも、もっとはやくに投《な》げると思《おも》っていた高臣《たかおみ》クンは、

「ク、クソッ」

すっかりタイミングをはずされていて、まともにバットをふれない。体勢《たいせい》を完全《かんぜん》にくずされたスイングは、ひょろひょろと力《ちから》なく空《くう》をきった。

「ストライク！」

審判《しんぱん》の手《て》があがる。しかし、「審判《しんぱん》！」と、すかさず高臣《たかおみ》クンは抗議《こうぎ》した。

「いまのはストップモーションだろう？　しかもタイミングをはずすための悪質《あくしつ》なものだ。地獄《じごく》のルールでは禁《きん》じられていないのか？」

「たしかに二段《だん》モーションは、地獄《じごく》で禁止《きんし》になっていますが……」

二段《だん》モーションとは、投球動作《とうきゅうどうさ》のときに一度《いちど》動《うご》きをとめて、再《ふたた》び動《うご》きだすことをいう。ちゃんと一定《いってい》のリズムで投《な》げるひとがほとんどだけど、中《なか》には動《うご》きの静止時間《せいしじかん》をバラつかせて、バッターのタイミングをくるわせる悪質《あくしつ》なものもある。

ナポレオンのピッチングフォームは、まちがいなく悪質《あくしつ》なヤツだった。これなら反則《はんそく》で、下手《へた》をすれば退場《たいじょう》に……。

「なら、審判《しんぱん》。いまのはボークだろう。むこうに注意《ちゅうい》をあたえてほしい」

「いえ、それはできません」

高臣《たかおみ》クンの言葉《ことば》に、審判《しんぱん》ははっきり首《くび》をふった。

「どうしてだ？　いまのは完全《かんぜん》に反則《はんそく》……」

「ククク……」

高臣《たかおみ》クンの抗議中《こうぎちゅう》に、また大《おお》きなしのびわらい。

見《み》るとやっぱりキャッチャーのダ・ヴィンチが、口《くち》をゆがめてうすわらいをうかべていた。なにか聞《き》いてほしそうにこっちを見《み》ている。

「なんだ、ダ・ヴィンチさん。こっちはまだ抗議中《こうぎちゅう》だ」

高臣《たかおみ》クンが横目《よこめ》でにらむ。

「ククク。ではその抗議《こうぎ》にはワタシがおこたえしますでーす」

ダ・ヴィンチはいいながら、キャッチャーボックスでたちあがった。そしてみんなの注目《ちゅうもく》を集《あつ》めながら話《はな》しだす。

「いいでーすか？　現世《げんせ》では『ストップモーション禁止《きんし》。タイミングをはずしちゃダメ』ということがルールになっていますが、地獄《じごく》では『二段《だん》モーションにしちゃダメ』としか、ルールブックに書《か》かれていませんでーす。現世《げんせ》のプレーを見《み》ながらつくったルールなので、こういう書《か》きかたになっているのでーす」

「それが、どうしたんだ？」

高臣《たかおみ》クンは首《くび》をかしげる。するとタカ臣《たかおみ》クンの疑問《ぎもん》にこたえたのは、ナポレオンだ。

「吾輩《わがはい》の投球《とうきゅう》は二段《だん》モーションではないのである。モーションを七段《だん》にわけ、ダ・ヴィンチの指示《しじ》によりタイミングをとりづらく改良《かいりょう》しているのである！」

「そんな！」

ぼくはベンチの中《なか》でたちあがった。

「メチャクチャだ！　どこまで卑怯《ひきょう》なんだよ！」

つい、強《つよ》い口調《くちょう》になってしまう。だって、そんなきたない作戦《さくせん》をとるなんて、もうスポーツじゃない！

「いったはずである。勝《か》ったほうが……」

ナポレオンはまた腕《うで》をふりかぶると、カクカクと動《うご》いたりとまったりして、投球動作《とうきゅうどうさ》にうつった。そして、

「正義《せいぎ》であるとっ！」

そう叫《さけ》んで、腕《うで》をふり抜《ぬ》く。するとやっぱり高臣《たかおみ》クンのスイングはタイミングを大《おお》きくはずしてしまって、ストライク。

そしてけっきょく、つぎのボールも空振《からぶ》りして、高臣《たかおみ》クンは三振《さんしん》。しょんぼりして帰《かえ》ってきた。

「き、気《き》にすることないよ、高臣《たかおみ》クン」

ぼくはなぐさめるけど、高臣《たかおみ》クンはため息《いき》をはきだすばかりだ。

どうしたらいいだろう。ワールドヒーローズはやりすぎだけど、地獄《じごく》の野球《やきゅう》って、たまにこういうことがあるんだ。高臣《たかおみ》クンは今日《きょう》がはじめてだし、なんとかなぐさめないと。

そう考《かんが》えていたら、

「ねえねえ、高臣《たかおみ》クン」

となりのヒカルが、やさしい口調《くちょう》で話《はな》しかけた。すると高臣《たかおみ》クン、ぼくのことは無視《むし》したクセに、サッとすばやく目《め》をあげる。

「ね、高臣《たかおみ》クン。いまのは、しかたないよ。相手《あいて》が卑怯《ひきょう》なんだから。信長《のぶなが》さんに作戦《さくせん》を考《かんが》えてもらおうよ」

「いや、しかし……。どうして七段《だん》にもモーションをわけるんだ……。あんなの……」

「それはね、きっとナポレオンさんが、対仏大同盟《たいふつだいどうめい》の回数《かいすう》を投球《とうきゅう》にこめているんじゃないかな。自分《じぶん》はこれだけの人間《にんげん》なんだぞって気持《きも》ちがあるんだよ」

「対仏大同盟《たいふつだいどうめい》？」

「そう」

普段《ふだん》の表情《ひょうじょう》になった高臣《たかおみ》クンに、ヒカルはにっこりわらいかけた。

「生前《せいぜん》のナポレオンさんがいたフランスは強《つよ》すぎてね、ヨーロッパで連戦連勝《れんせんれんしょう》だったんだ。だからまわりの国々《くにぐに》は、ナポレオンさんに勝《か》つために合計《ごうけい》七度《ど》も同盟《どうめい》をむすんで、フランスに挑《いど》んだんだよ。それが対仏大同盟《たいふつだいどうめい》」

「ご、合計《ごうけい》で七度《ど》も……」

「そうだよ。高臣《たかおみ》クンは賢《かしこ》そうだけど、知《し》らなかった？」

「う、うん……」

高臣《たかおみ》クンは真剣《しんけん》な目《め》になって、ヒカルに返事《へんじ》をした。

「ヒカルは物知《ものし》りで、地獄《じごく》でいろんなことを教《おし》えてくれるんだよ。それで、ゆいいつ常識《じょうしき》がつうじるんだ」

ぼくがヒカルについて説明《せつめい》すると、高臣《たかおみ》クンは目《め》じりをあげてひきしまった顔《かお》をする。

そしてぼくに、(虎太郎《こたろう》)と、ヒソヒソ声《ごえ》で話《はな》しかけてきた。

(どうしたの? 声《こえ》をおとして)

そのまじめな声《こえ》に、ナポレオン攻略《こうりゃく》を思《おも》いついたのかと思《おも》ったら、

(いや、ヒカルさんは、結婚《けっこん》はしているのか?)

と、ぜんぜんちがう変《へん》なことを聞《き》いてくる。

(……聞《き》いたことないけど、ふつうに考《かんが》えてしてないんじゃない? 子供《こども》だし)

(そ、そうか)

こたえると高臣《たかおみ》クンはパッとわらう。

「いやあ、地獄《じごく》っていいとこだな、虎太郎《こたろう》!」

「……そう。なら住《す》んだらいいよ。ぼくは帰《かえ》るから」

おかしなことをいう高臣《たかおみ》クンを、ぼくはあきれた目《め》で見《み》る。高臣《たかおみ》クンが知《し》らないことってあんまりないから、それを教《おし》えてくれるヒカルが気《き》にいって友《とも》だちになりたいのかな?

ぼくはそう思《おも》いながら、また打席《だせき》を見《み》た。そこでは伊達政宗《だてまさむね》がおよぐような体勢《たいせい》でボールを打《う》っちゃって、やっぱり内野《ないや》ゴロにたおれていた。

――きたない手《て》を使《つか》って……。

こころの中《なか》に、いかりがもえてくる。

絶対《ぜったい》に、あんなひとたちには負《ま》けたくない。

どんなことをしてでも、絶対《ぜったい》に勝《か》ってやる！

六回表《ろっかいおもて》

五回《かい》は信長《のぶなが》のホームラン一点《いってん》だけに終《お》わってしまった。

ファルコンズのメンバーもいろいろ考《かんが》えているみたいだけど、いまのところ、ナポレオンの七段《だん》モーションにかなう作戦《さくせん》がないみたい。

それならピッチャーのぼくが、点《てん》をやらないようにしなくちゃ。そう思《おも》っていたら、

「センパイヨリ、スグレタ、コウハイナド、ソンザイシネエ！」

この回《かい》の先頭《せんとう》、ペリーがガムをクチャクチャかんで、打席《だせき》にはいってきた。そしてぼくにバットをむけながら、

「ベースボールハ、ワイノ、ソコクガセカイイチノ、スポーツ。ホカノクニガツヨクナルノ、ユルセナイネ」

と、片言《かたこと》の日本語《にほんご》で、挑発的《ちょうはつてき》な目《め》をする。でも、そんなことをいわれてだまってはいられない。

「そ、そんな！　たしかに野球《やきゅう》はアメリカが強《つよ》いかもしれないけど、もう世界中《せかいじゅう》で親《した》しまれているスポーツじゃないか。そんな理屈《りくつ》、通用《つうよう》しないよ！」

ぼくの反論《はんろん》に、ペリーはニヤッとわらった。なにかいいかえしてくるかと思《おも》ったけど、

「ソウイウタラ、ソウデンナ……。マイドオオキニ」

と、謎《なぞ》の関西弁《かんさいべん》でびみょうに納得《なっとく》してしまった。前《まえ》にも対戦《たいせん》したことあるけど、あいかわらずよくわからないひとである。

あ、でもそういえばたしか以前《いぜん》は、『黒船《くろふね》バズーカ打法《だほう》』っていうのを使《つか》われたっけ。すごい音《おと》がするけど、空砲《くうほう》ばっかりでこわくないやつ。それなら今回《こんかい》だって……。

「じゃあ、投《な》げるよ！」

ぼくはふりかぶってステップをふむと、そのまま初球《しょきゅう》を投《な》げる。今回《こんかい》も前《まえ》と同《おな》じように、

三振《さんしん》にしてやるから！

そう思《おも》っていると打席《だせき》のペリーは、

「モロタデ！」

と、足《あし》をふみこんで、バットをフルスイング！

まあどうせ空砲《くうほう》だよねって思《おも》っていると、

「ペクサンバズーカ！」


と、ぼくのボールをバットの芯《しん》でとらえてしまった。

しかもバットとボールがぶつかった瞬間《しゅんかん》、ドカンとものすごいばくはつが起《お》こって、周囲《しゅうい》に爆風《ばくふう》をまきちらす。あたりの空気《くうき》が波《なみ》のようにおそってくるような、メチャクチャにはげしい風《かぜ》だ。

「な、なにこれっ！」

突風《とっぷう》が体《からだ》に痛《いた》くて、ぼくはおもわずマウンドに体《からだ》をふせた。

「っていうか、空砲《くうほう》じゃないのっ？　ぼくはつってっ！」

『虎太郎《こたろう》クン！　ペクサン砲《ほう》は、ペリーさんの軍艦《ぐんかん》に積《つ》んであった大砲《たいほう》だよ！　炸裂弾《さくれつだん》がうてるんだ！』

『さ、炸裂弾《さくれつだん》？』

って、なんだ？　火薬《かやく》のかたまりみたいなものかな？

『きっとダ・ヴィンチさんが、空砲《くうほう》にならないよう、バズーカ打法《だほう》に改良《かいりょう》をくわえたんじゃないかな。あのひとは、兵器《へいき》の設計図《せっけいず》とかも描《か》いていたらしいから』

『また発明品《はつめいひん》か……』

ぼくはちぇっと舌打《したう》ちをして起《お》きあがり、うしろをふりかえった。見《み》るとぼくはつによって、ボールはレフト前《まえ》までふっ飛《と》んでいる。打撃《だげき》の力《ちから》というより、ぼくはつの力《ちから》だ。

こんな打《う》ちかた、抗議《こうぎ》したいけど、どうせルールをうまくかわして、審判《しんぱん》に申請《しんせい》をすませてあるにちがいないんだ。やることがいちいち、頭《あたま》にきてしまう。

まあいい。

あとの打線《だせん》をきちんとおさえたら、何人塁《なんにんるい》にでていたって同《おな》じことだ。

――いくぞ！

ぼくはいかりのパワーをそのまま投球《とうきゅう》に使《つか》って、つぎのチンギス・ハーンと始皇帝《しこうてい》を凡《ぼん》退《たい》におさえた。これでツーアウト一塁《るい》。

さあ、つぎのバッターをおさえて、こっちの攻撃《こうげき》だ。

そう思《おも》って前《まえ》を見《み》ると、

「つ、つぎは、わたくしですの……」

と、打席《だせき》にはいってきたのは、金色《きんいろ》の髪《かみ》でせいそな感《かん》じの女《おんな》の子《こ》。ほっぺを赤《あか》らめながらモジモジしている。さっきの打席《だせき》はアウトになったけど……。

今回《こんかい》は手《て》には自分《じぶん》の身長《しんちょう》よりも高《たか》く大《おお》きな旗《はた》を持《も》っていた。なんとなく地獄《じごく》で長《なが》くプレーしてきた経験《けいけん》から、その旗《はた》をバット代《が》わりにするのかな、という直感《ちょっかん》が働《はたら》いた。

それにしても、こんな内気《うちき》そうな子《こ》が大観衆《だいかんしゅう》の中《なか》でプレーできるのかな。

『その子《こ》は、ジャンヌ・ダルクさん。フランスのひとだよ』

考《かんが》えていると、ヒカルの声《こえ》が聞《き》こえてくる。

『どっかで聞《き》いたことある名前《なまえ》だね』

『うん。とっても有名《ゆうめい》なんだ。十五世紀《じゅうごせいき》のフランスの軍人《ぐんじん》さん』

『ぐ、軍人《ぐんじん》？　あんな女《おんな》の子《こ》が？』

物事《ものごと》を男女《だんじょ》でわけたりする気《き》はないけど、あの子《こ》の見《み》た目《め》から、軍人《ぐんじん》ってイメージはほど遠《とお》い感《かん》じがする。

『虎太郎《こたろう》クン。ひとって見《み》かけによらないんだよ。ジャンヌ・ダルクさんは、あのナポレオンさんだって尊敬《そんけい》するようなひとなんだから』

『ナ、ナポレオンさんまで？』

それはすごい。相手《あいて》のキャプテンが尊敬《そんけい》している選手《せんしゅ》なんて……。これは、ちょっとしんちょうにいったほうがいいのかもしれない……。

「……じゃあ、投《な》げるよ……」

「はい。お手《て》やわらかにどうぞ、ですの」

かぼそい口調《くちょう》で返事《へんじ》をするジャンヌ・ダルク。

それでもやっぱりゆだんはできない。地獄《じごく》でずっと野球《やきゅう》をやってきたぼくは、そのことを知《し》っている。高臣《たかおみ》クンもジャンヌ・ダルクにただならぬ気配《けはい》を感《かん》じたのか、要求《ようきゅう》するコースはきびしめだ。

ぼくは高臣《たかおみ》クンのサインにうなずくと、腕《うで》をふりかぶる。そして、

「たあっ！」

と、高臣《たかおみ》クンのキャッチャーミットめがけて、ボールを投《な》げこんだ。するとジャンヌ・ダルクは挑《いど》むように表情《ひょうじょう》を変《か》え、まゆをぎゅっと寄《よ》せた。

「速《はや》いボールですの……！　しかたがありません」

彼女《かのじょ》はそういうと目《め》をぎゅっとつむり、

「秘技《ひぎ》！　大逆転打法《だいぎゃくてんだほう》！」


と、持《も》っていた旗《はた》ごと体《からだ》をくるっとまわして、布地《ぬのじ》で自分《じぶん》をつつんでしまう。

「な、なにやってんのっ！」

ぼくがおどろくと、

「フンガー！」

と、野《の》ぶとい声《こえ》が打席《だせき》から聞《き》こえてきて、ジャンヌ・ダルクをつつんでいた旗《はた》の布地《ぬのじ》が、中《なか》からビリッと破《やぶ》られた。

するとそこに登場《とうじょう》したのは筋肉《きんにく》りゅうりゅう、ヒゲがボサボサの日焼《ひや》けしたオジさん。テカテカした顔《かお》で、ニカッとわらっている。

「う、うわあああああああああ！」

ぼくはその場《ば》で腰《こし》を抜《ぬ》かした。

チューリップのつぼみからゴリラがでてきた、そんなしょうげきだった。

「だ、だ、誰《だれ》なのっ！　ジャンヌ・ダルクさんはっ？」

「ジャンヌ・ダルクは、おいどんばい！」

オジさんは信《しん》じられないことをいって、

「かっ飛《と》ばす！」

の、かけ声《ごえ》とともにバットをスイング。それはボールをピンポン球《だま》みたいに弾《はじ》きかえして、ヒットになった。

「な、な、なにあれ……」

ぼくは悪《わる》い夢《ゆめ》でも見《み》たように、腰《こし》を抜《ぬ》かしたままうしろをむいた。高臣《たかおみ》クンもマスクをぬぎ、ぼうぜんとたちつくしている。

あんなにかわいい女《おんな》の子《こ》が、どうしてあんなオジさんに……。

「ククク！」

放心状態《ほうしんじょうたい》のぼくたちに、今度《こんど》はすばやいしのびわらい。目《め》をむけると、やっぱり相手《あいて》ベンチのダ・ヴィンチが、とくいげな顔《かお》でこっちを見《み》ていた。

「あの旗《はた》は、ワタシがつくったとくべつ製《せい》でーす！　身《み》をつつむと、どんなものでも大逆《だいぎゃく》転《てん》してしまう地獄科学《じごくかがく》の結晶《けっしょう》でーす！」

「だ、大逆転《だいぎゃくてん》……？　どうしてそんな……」

『それはね』

疑問《ぎもん》を口《くち》にすると、ヒカルの声《こえ》。

『フランス軍《ぐん》のジャンヌ・ダルクさんは、イギリスとの百年戦争《ひゃくねんせんそう》に参加《さんか》して活躍《かつやく》したんだよ。旗《はた》をふって味方《みかた》を応援《おうえん》したりね。フランス軍《ぐん》にとっての救世主《きゅうせいしゅ》なんだ』

『救世主《きゅうせいしゅ》？　どうして……』

『そのころのフランスはいまみたいな国土《こくど》じゃなくて、海《うみ》に面《めん》していた場所《ばしょ》のほとんどをイギリスにうばわれていたの。で、そんな時代《じだい》のある日《ひ》、ジャンヌ・ダルクさんは神様《かみさま》の声《こえ》を聞《き》いて、それをきっかけにその戦争《せんそう》に参加《さんか》するんだ。そして負《ま》けていたフランス軍《ぐん》をたてなおして、大逆転《だいぎゃくてん》のすえに勝《か》っちゃったってわけ』

『そ、それで大逆転打法《だいぎゃくてんだほう》……』

かれんな乙女《おとめ》から、野《の》ぶといオジさんに逆転《ぎゃくてん》の大変身《だいへんしん》。うう、やっぱりメチャクチャだ……。

お客《きゃく》さんだってワールドヒーローズの一連《いちれん》のプレーに、

「そんな道具《どうぐ》、卑怯《ひきょう》だぞ！」

「おれたちは野球《やきゅう》を見《み》にきてるんだ！」

と、大《だい》ブーイング。でもワールドヒーローズベンチは、そんなものはどこふく風《かぜ》で、平然《へいぜん》とベンチでニヤニヤしている。

やっぱり勝《か》てばいいとしか思《おも》ってないんだろうな……。

こころにくやしさが宿《やど》る。

絶対《ぜったい》に勝《か》ってやるから……。

ぼくはそう思《おも》うけど、でもジャンヌ・ダルクが出塁《しゅつるい》したことによって、ツーアウトで一、二塁《るい》。一気《いっき》にピンチになっちゃった。どうしよう。もう点《てん》はやれないのに……。

「おい、虎太郎《こたろう》よ」

考《かんが》えていると、ライトから秀吉《ひでよし》が声《こえ》をかけにやってきた。外野《がいや》からくるなんて……。

「どうしたの、秀吉《ひでよし》さん。はやくもどらないと、追《お》い払《はら》われるよ」

「サルをひとみたいにいうな、まったく」

秀吉《ひでよし》はいった。サルとひとの順番《じゅんばん》が逆《ぎゃく》だと思《おも》ったけど、まあ、そっちのほうが正確《せいかく》かもしれないと考《かんが》えてだまっておいた。

「で、秀吉《ひでよし》さん、どうしたの？　ここまでくるなんて」

「いや、つぎの打順《だじゅん》はザビエルじゃろ？」

「え、うん」

ぼくは打席《だせき》を見《み》た。そこでは気《き》の弱《よわ》そうな宣教師《せんきょうし》、フランシスコ・ザビエルが、打席《だせき》をはずして素振《すぶ》りをしている。

「虎太郎《こたろう》よ、ちょっと作戦《さくせん》があるんじゃ。耳《みみ》を貸《か》してみ」

「作戦《さくせん》？」

ぼくは秀吉《ひでよし》に耳《みみ》を近《ちか》づける。そこでゴニョゴニョと作戦《さくせん》を聞《き》くと……。

「そ、それいいね！　相手《あいて》がザビエルさんだから、きっとアウトにできちゃうよ！」

まさにサル知恵《ぢえ》！　と思《おも》ったけどいわなかった。

「じゃろ？　じゃろ？　ワシってさえとるよね？」

「あ、でも、気《き》づかれずに細工《さいく》できるかな？　みんないるのに……」

「だいじょうぶじゃよ。ワシャこう見《み》えて、サルのように身軽《みがる》じゃから」

秀吉《ひでよし》が親指《おやゆび》をたててウインクした。サルのようにって見《み》たまんまじゃないか、と思《おも》ったけど、やっぱりだまっておいた。

そうして作戦《さくせん》のため、はしっていく秀吉《ひでよし》の背中《せなか》をながめていると、

「では、よろしくたのみますよ」

やわらかい印象《いんしょう》のそんな声《こえ》。見《み》るとザビエルが打席《だせき》にたっていて、ひとのよさそうな顔《かお》でにっこりわらう。勝《か》ちにギラギラしているワールドヒーローズでは、めずらしいタイプ

のひとだ。

——ちょっと、あの作戦《さくせん》を使《つか》うのは気《き》がひけるなあ……。

でも、しかたがない。勝《か》つためなんだから。

ただ作戦《さくせん》とは別《べつ》に、気《き》になってしょうがないことがあるんだけど……。

「？　どうかしましたか？　虎太郎《こたろう》さん？」

首《くび》をかしげるザビエルに、

「う、ううん。なんでもないよ」

ぼくはあわててごまかした。……けど、やっぱり気《き》になる。

なにがってもちろん、お皿《さら》をのせたようなあの髪型《かみがた》……。地獄《じごく》ファッションの最先端《さいせんたん》なんだろうか？　ちょっとなんていうか、ぼくにはわからない芸術性《げいじゅつせい》というか……。

『あれは別《べつ》に、地獄《じごく》ではやっている髪型《かみがた》じゃないよ』

いろいろ疑問《ぎもん》を感《かん》じていると、ヒカルが助《たす》けてくれる。

『トンスラっていって、宗教的《しゅうきょうてき》な意味《いみ》を持《も》つ髪型《かみがた》なんだ。カトリックは修道士《しゅうどうし》になるときに頭《あたま》をそる習慣《しゅうかん》があってね。ザビエルさんのイエズス会《かい》はその習慣《しゅうかん》がなかったともいわれているけど、たぶん現世《げんせ》の自分《じぶん》の肖像画《しょうぞうが》を見《み》て気《き》にいったんだね』

『あ、そうなんだね』

なるほど……。ちょっと変《へん》だなって思《おも》ったけど、悪《わる》かったかな。さっきのジャンヌ・ダルクといい、見《み》た目《め》だけでなにか思《おも》うのはよくないことだ。

「じゃあ、投《な》げるよ、ザビエルさん」

「はい！　がんばってください！」

こっちの応援《おうえん》してどうするんだと思《おも》ったけど、やっぱりひとがいいのかもしれない。

ぼくは太《ふと》ももをあげると腕《うで》を回転《かいてん》させて、作戦《さくせん》どおりに少《すこ》し真《ま》ん中寄《なかよ》り……。あえて打《う》たせるコースにボールを投《な》げた。

「もらいましたよ！」

ザビエルはねらいどおり、それを打《う》つ。打球《だきゅう》はサードへころがっていって、伊達政宗《だてまさむね》はボールをひろいあげると、すかさず一塁《るい》へ。

タイミングはびみょうだけど……。でも、だいじょうぶ。あれはかならずアウトになるから。

ぼくはニヤッとわらう。ライトの秀吉《ひでよし》もそうだ。するとザビエルは案《あん》の定《じょう》、

「あ、ああっ！　なんてこと！」

と、顔《かお》を青《あお》くして、一塁《るい》の前《まえ》でかがみこんでしまった。信長《のぶなが》はふしぎそうな顔《かお》をしながらも、足《あし》をうしろのベースの位置《いち》におきつつ送球《そうきゅう》を受《う》けとり、これでスリーアウト。

「？　どうしたのだ、ザビエル。どこかケガでもしたのか」

信長《のぶなが》もザビエルに目線《めせん》をあわせてかがみこむ。すると、

「こ、これは！」

信長《のぶなが》の目《め》がカッと見《み》ひらく。その信長《のぶなが》が見《み》つめるさきには、宗教的《しゅうきょうてき》な絵《え》があった。

それは本来《ほんらい》、一塁《るい》ベースがおいてあるべき場所《ばしょ》で、あらかじめ秀吉《ひでよし》がベースとその絵《え》をすりかえていたのだ。

「ふふふ……。いかがでございましょう、信長様《のぶながさま》。これぞ名《な》づけてふみ絵守備法《えしゅびほう》」

とくいげに信長《のぶなが》に近《ちか》づく秀吉《ひでよし》。すごくほめてほしそうな顔《かお》だ。

「生前《せいぜん》、ワシがおこなっていたバテレン追放令《ついほうれい》から、江戸幕府発案《えどばくふはつあん》のふみ絵《え》をヒントにして思《おも》いついた作戦《さくせん》ですぞ。虎太郎《こたろう》がザビエルにワザと打《う》たせ、このワナにはめてやったの

でございます。ザビエルならばおそらく、この絵《え》をふめない……」

どうだって感《かん》じで鼻高々《はなたかだか》の秀吉《ひでよし》。でも……。


「たわけがっ！」


聞《き》こえてきたのは、球場《きゅうじょう》をゆるがすような信長《のぶなが》の大声《おおごえ》。

でも、どうして怒《おこ》ってるの？　なにがどうなったんだろう？

観客《かんきゃく》も選手《せんしゅ》も、シンとしずまりかえる。ほめてもらえると思《おも》っていた秀吉《ひでよし》は、すっかり青《あお》ざめて泣《な》きながらガタガタふるえ、ズボンの股《また》をぬらしていた。

「の、信長《のぶなが》さん……。なんで……」

ぼくはかけより、信長《のぶなが》にいかりの理由《りゆう》を問《と》う。しかし信長《のぶなが》はすぐにこたえず、「あわわ……」と、腰《こし》を抜《ぬ》かす秀吉《ひでよし》をにらみつけた。

「ハゲネズミ、貴様《きさま》……、よくもぬけぬけと……」

信長《のぶなが》は秀吉《ひでよし》に低《ひく》い声《こえ》をあびせたあと、

「許《ゆる》せ、ザビエル。この者《もの》たちには、よく注意《ちゅうい》しておく」

と、かがみこむザビエルの肩《かた》をポンとたたく。そしてぼくと秀吉《ひでよし》のユニフォームを強引《ごういん》にひっぱり、ベンチにつれていった。

――こ、こわい……。

なにが起《お》こったのかわからなかったけど、ぼくの心臓《しんぞう》はあまりの恐怖《きょうふ》にバクバクと高《たか》鳴《な》っていた。どうしていいか、まったくわからなかった。

朕とチンギス

3章《しょう》 反撃《はんげき》のファルコンズ！

	1	2	3	4	5	6	7	8	9	計	H	E
世　界	3	0	2	0	0	0				5	9	0
桶狭間	0	0	0	0	1					1	1	0

世界 WORLD HEROES

1 ユリウス・カエサル 二
2 レオニダス一世 三
3 レオナルド・ダ・ヴィンチ 捕
4 ナポレオン・ボナパルト 投
5 マシュー・ペリー 一
6 チンギス・ハーン 中
7 始　皇　帝 左
8 ジャンヌ・ダルク 右
9 フランシスコ・ザビエル 遊

B
S
O

UMPIRE

CH	1B	2B	3B
赤	青	黒	桃
鬼	鬼	鬼	鬼

OKEHAZAMA Falcons

1 豊臣　秀吉 右
2 井伊　直虎 中
3 前田　慶次 左
4 織田　信長 一
5 真田　幸村 二
6 川島　高臣 捕
7 伊達　政宗 三
8 毛利　元就 遊
9 山田虎太郎 投

六回裏《ろっかいうら》

攻撃《こうげき》にうつる前《まえ》の、ファルコンズベンチ。

「見《み》そこなったぞ、虎太郎《こたろう》に師匠《ししょう》」

高臣《たかおみ》クンがきびしい言葉《ことば》をあびせてくる。だけど、どうしてだか理由《りゆう》がわからない。ぼくと秀吉《ひでよし》は首《くび》をかしげて座《すわ》り、しずかな迫力《はくりょく》でこちらをにらみつける信長《のぶなが》を前《まえ》にしていた。

「貴様《きさま》ら」

信長《のぶなが》にそう声《こえ》をかけられただけで、ビクッと肩《かた》をすくませる秀吉《ひでよし》。

「自分《じぶん》たちがなにをしたのか、わかっているのか？」

「う、うん……」

ぼくは返事《へんじ》をする。でも、やったことはわかっていても、信長《のぶなが》がなにに怒《おこ》っているのかはわかっていなかった。

「虎太郎《こたろう》」

呼《よ》ばれて、ぼくは目《め》をあげる。

「どうして、秀吉《ひでよし》の作戦《さくせん》にのった？」

「だ、だって……」

ぼくは信長《のぶなが》から目《め》をそらして、こたえた。

「そうしないと、点《てん》をとられると思《おも》って……。だって、むこうが卑怯《ひきょう》な手《て》ばっかり使《つか》って、まだ四点《てん》も負《ま》けてるし……」

「それでは聞《き》くが」

信長《のぶなが》はギラリと目《め》を光《ひか》らせた。

「貴様《きさま》が使《つか》った手《て》は、卑怯《ひきょう》ではなかったのか？」

「え」

いわれてぼくは、

「……あ……」

ハッとなった。考《かんが》えてみればたしかにそうだ。

ベースをふめないよう、そのひとにとって大事《だいじ》なものにおきかえるなんて……。

ぼくがザビエルの立場《たちば》なら？　きっと卑怯《ひきょう》な手《て》を使《つか》ってって、怒《おこ》ったと思《おも》う。ひとの信《しん》じるなにかにつけこんで、アウトをとろう、試合《しあい》に勝《か》とうなんて、ぼくはなんて卑怯《ひきょう》なことをしてしまったのだろう……。

「気《き》がついたか」

信長《のぶなが》はいった。とてもとても恥《は》ずかしくて、ぼくは自分《じぶん》の目《め》が真《ま》っ赤《か》になっているとわかっていたから、顔《かお》をふせたままうなずいた。

「わかったら、いい。しかしその作戦《さくせん》をおこなった貴様《きさま》に、ワールドヒーローズを卑怯《ひきょう》と呼《よ》ぶ資格《しかく》はない」

「うん……」

ぼくはそのままベンチから一歩《いっぽ》だけ外《そと》へでる。

そして相手《あいて》ベンチの中《なか》で守備《しゅび》の準備《じゅんび》をしているザビエルにむかって、ぼうしをとり、頭《あたま》をさげた。するとザビエルはにっこりわらって、「いいよ」とでもいうように、手《て》の平《ひら》をこっちにむけた。

「あやつは許《ゆる》したようだが、どんな気持《きも》ちだったろうな」

信長《のぶなが》がぼくのうしろから、声《こえ》をかけてくる。

「虎太郎《こたろう》よ。もうわかったとは思《おも》うが、相手《あいて》の誤《あやま》りを責《せ》めるならば、こちらは誰《だれ》が見《み》ても正《ただ》しいと思《おも》う方法《ほうほう》をとらねばいかん」

「うん……」

「このことにかぎらず目的《もくてき》のために手段《しゅだん》を見失《みうしな》うことは、よく見《み》るあやまちだ。正義《せいぎ》を守《まも》るためだといってルールを破《やぶ》ったり、口《くち》の悪《わる》い人間《にんげん》を注意《ちゅうい》しようと口《くち》ぎたなくけなしたり、となな。悪《わる》いほうに流《なが》れるのは非常《ひじょう》に楽《らく》だが、それは貴様《きさま》がきずいてきた信用《しんよう》や信念《しんねん》をなくしてしまう行為《こうい》だ」

信長《のぶなが》は息《いき》をつくと、うしろからぼくの首《くび》ねっこをつかみ、ネコみたいに持《も》ちあげる。そしてそのまま強引《ごういん》に自分《じぶん》のとなりへ、ドスンとものをおくように座《すわ》らせた。

「痛《いた》いよ、信長《のぶなが》さん。なにすんの」

「ちょっと攻撃《こうげき》までの間《あいだ》に、話《はなし》をしてやろうと思《おも》ってな」

「話《はなし》？」

「ナポレオンと貴様《きさま》は似《に》ているという話《はなし》だ」

「へ？」

ぼくが？　ナポレオンさんと？　そんなわけないじゃんと思《おも》っていると、

「見《み》た目《め》のことではない」

といって、信長《のぶなが》は相手《あいて》ベンチのナポレオンに目《め》をうつした。

守備《しゅび》にそなえているだけなのに、まだ観衆《かんしゅう》にはげしくブーイングされているその姿《すがた》は、こころなしかさびしそうなものだったけど……。

「虎太郎《こたろう》。ナポレオンのフランス軍《ぐん》が強《つよ》かったのは知《し》っているな？」

「……うん。さっき、ヒカルから聞《き》いた。七回《かい》も対仏大同盟《たいふつだいどうめい》が結成《けっせい》されたって」

「そうだ。ナポレオンはその同盟《どうめい》の回数《かいすう》がしめすとおり、ヨーロッパで無敵《むてき》の強《つよ》さをほこっていた。戦争《せんそう》という戦争《せんそう》に勝《か》ちまくり、ヨーロッパはフランスの同盟国《どうめいこく》と支配下国家《しはいかこっか》だらけだった」

「戦争《せんそう》には、ぜんぶ勝《か》ったの？」

「ぜんぶというわけではない。宿敵《しゅくてき》のイギリスにも、たびたび負《ま》けている。だが重要《じゅうよう》な戦《せん》争《そう》にはだいたい勝《か》ち、ついには皇帝《こうてい》にまでなった」

皇帝《こうてい》ってのは、王様《おうさま》みたいなものかな。

「しかし」

信長《のぶなが》は声《こえ》のトーンをおとしてつづける。

「それも長《なが》くはつづかなかった。ナポレオンは約束《やくそく》を破《やぶ》ったロシアとの戦争《せんそう》に臨《のぞ》むが、それは失敗《しっぱい》してしまう」

「戦争《せんそう》に負《ま》けたってこと？」

「負《ま》けは負《ま》けだが、軍事力《ぐんじりょく》で負《ま》けたとはいえないだろう」

「どういうこと？」

「ロシアは正面衝突《しょうめんしょうとつ》を避《さ》けたのだ。ナポレオンと軍事力《ぐんじりょく》であらそうのは得策《とくさく》でないと見《み》たロシアは、焦土作戦《しょうどさくせん》という戦法《せんぽう》をとった」

「焦土《しょうど》？　なにそれ」

「ナポレオンが攻《せ》めてくると、ロシアは建物《たてもの》や畑《はたけ》など、軍隊《ぐんたい》にとって利用価値《りようかち》のあるものをみんなもやしながら撤退《てったい》した。ナポレオンがひきいるフランス軍《ぐん》は、現地《げんち》であてにしていた食糧《しょくりょう》や泊《と》まる場所《ばしょ》などをなくしたのだ」

「そ、そんな作戦《さくせん》が……」

「ロシアのようなさむい地方《ちほう》だと、こういう作戦《さくせん》はとくによくきく。けっきょくナポレオンはロシア遠征《えんせい》に失敗《しっぱい》し、軍隊《ぐんたい》の大半《たいはん》を失《うしな》って帰《かえ》ってきた。それをきっかけにして、それまで支配下《しはいか》におかれていた国々《くにぐに》が団結《だんけつ》し、ナポレオンに反逆《はんぎゃく》しはじめた」

「それでまた、負《ま》けちゃった？」

「そのとおり。失脚《しっきゃく》したナポレオンは、そのあとまた皇帝《こうてい》になるが……」

信長《のぶなが》はいって、今度《こんど》はぼくを見《み》た。

「それは百日天下《ひゃくにちてんか》と呼《よ》ばれ、ワーテルローの戦《たたか》いで敗《やぶ》れると、ナポレオンはセントヘレナ島《とう》に流《なが》されてしまう。そしてそこの領主《りょうしゅ》にバカにされながら、やがて絶望《ぜつぼう》の中《なか》で病気《びょうき》になり、命《いのち》をおとしたのだ」

「じゃあ、そのロシア遠征《えんせい》が、滅亡《めつぼう》していく原因《げんいん》になったんだね」

「そうだ」

信長《のぶなが》はまた前《まえ》をむきマウンドを見《み》た。そこではナポレオンが、あの七段《だん》モーションで投《とう》球練習《きゅうれんしゅう》をはじめていた。また観客《かんきゃく》のブーイングが起《お》こる。

「たしかにロシアが使《つか》った焦土作戦《しょうどさくせん》も、作戦《さくせん》といえば作戦《さくせん》だ。しかしナポレオンから見《み》れば、それはどううつったと思《おも》う？」

「卑怯《ひきょう》な手《て》……、かもしれない」

ぼくは、なるべくナポレオンの気持《きも》ちを想像《そうぞう》してこたえた。すると信長《のぶなが》は、

「ワシも、そうだったと思《おも》う」

ぼくの意見《いけん》にうなずいた。

「さいしょは正々堂々《せいせいどうどう》としていたあやつも、そんな強敵《きょうてき》と戦《たたか》ううちに変《か》わっていったのだ。卑怯《ひきょう》な手《て》には卑怯《ひきょう》な手《て》を、とな。そして自分《じぶん》を追《お》いつめた者《もの》たちをにくんだ。それがいまのナポレオンにつながっておる」

「…………」

同《おな》じだ。

卑怯《ひきょう》な手《て》に怒《おこ》って手段《しゅだん》を見失《みうしな》い、自分《じぶん》も卑怯《ひきょう》な手《て》を使《つか》ってしまったぼくと同《おな》じ。

そしてぼくは、またあることに気《き》がつく。

この話《はなし》をしている信長《のぶなが》だって、たしか明智光秀《あけちみつひで》の裏切《うらぎ》りによって、天下統一《てんかとういつ》の途中《とちゅう》で死《し》

んでしまったのだ。

でも信長《のぶなが》は、だからといって卑怯《ひきょう》な手段《しゅだん》に逃《に》げたりしなかった。ナポレオンとはちがい、いまだってこうして正々堂々《せいせいどうどう》、相手《あいて》と戦《たたか》っている。

ふたりのちがいに、ぼくはなんとなくナポレオンの弱《よわ》さを見《み》た気《き》がした。無敵《むてき》と呼《よ》ばれて皇帝《こうてい》になったひとでも、ぼくと同《おな》じ、人間《にんげん》らしい弱《よわ》さだと思《おも》った。

ぼくは信長《のぶなが》に注意《ちゅうい》されて目《め》が覚《さ》めたけど、きっとナポレオンは負《ま》けるまで気《き》がつかない。

「相手《あいて》をみちびける者《もの》こそが、英雄《えいゆう》だ。それはファルコンズ魂《だましい》の理想《りそう》でもある」

信長《のぶなが》はナポレオンを見《み》ながらいった。

「ファルコンズ魂《だましい》?」

「そう。貴様《きさま》なら理解《りかい》できるだろう。正義《せいぎ》をしめしチームをみちびける者《もの》。かつてのナポレオンにあり、いまのナポレオンにはないものだ」

チームをみちびける……。きっとナポレオンになくて信長《のぶなが》にあるもの……。なるほど、それがファルコンズ魂《だましい》で、ぼくはそれに反《はん》したことをしてしまったんだ。

信長《のぶなが》が怒《おこ》るのも、あたり前《まえ》だ……。

「ナポレオンとて、正面《しょうめん》から戦《たたか》って勝《か》ちたいと思《おも》うておるだろう。しかし負《ま》けたときの恐《きょう》怖《ふ》がそうさせない。いわばあやつは、自分《じぶん》に負《ま》けておるのだ」

信長《のぶなが》がつづけた。それなら……。

それならぼくが、その役目《やくめ》を買《か》ってやらないと。

じゃないと、ナポレオンがかわいそうだ。勝《か》ってナポレオンの弱《よわ》さを追《お》い払《はら》ってやらなきゃ……。でも……。

「でも、勝《か》てるかな……」

手段《しゅだん》を選《えら》ばないナポレオンは、たしかに強《つよ》い。

六回表《ろっかいおもて》を終《お》わって、まだ四点《てん》も負《ま》けているんだから……。

どうしたらいいかわからなくなって、ぼくはくちびるをかむ。すると信長《のぶなが》は、

「まあ、たしかに貴様《きさま》の気持《きも》ちはわからんでもない。そろそろ反撃《はんげき》はしておきたいのう」

と、いった。

「なにか、作戦《さくせん》はあるの？」

「ワシがなにも考《かんが》えていないと思《おも》うか？」

信長《のぶなが》は「ちがうだろ？」って感《かん》じでいって、たちあがった。

「さっきいったはずだ。ナポレオンとて、すべての戦争《せんそう》に勝《か》ったわけではないと」

※

信長《のぶなが》によると、ナポレオンのフランス軍《ぐん》はたしかに強《つよ》かったけど、たびたびイギリスとの海戦《かいせん》には負《ま》けていたらしい。

陸《りく》では無敵《むてき》のフランス軍《ぐん》も、海戦《かいせん》をとくいとするイギリスにはかなわなかったんだ。

「ようするに、イギリスは自分《じぶん》のとくい分野《ぶんや》にナポレオンをひきこみ、そこで勝利《しょうり》したのだ」

六回裏《ろっかいうら》の攻撃《こうげき》にうつる前《まえ》、信長《のぶなが》は円陣《えんじん》をくんでそういった。

「我《われ》らのとくいは、正々堂々《せいせいどうどう》と野球《やきゅう》をすること。ワールドヒーローズの野球《やきゅう》をそこに持《も》ちこめば勝機《しょうき》はある！」

「なるほど」

「さすが信長様《のぶながさま》！」

みんなは感心《かんしん》するけど、「しかし信長《のぶなが》さん」と、手《て》をあげたのは高臣《たかおみ》クンだ。

「ワールドヒーローズはこれからも、いろんな手《て》を使《つか》って攻《せ》めてくるでしょう。どうやって正々堂々《せいせいどうどう》の野球《やきゅう》に持《も》ちこみますか？」

「もちろん、考《かんが》えておる。卑怯《ひきょう》な手《て》を封《ふう》じてしまえば、正々堂々《せいせいどうどう》と勝負《しょうぶ》するしかなくなるであろう？」

信長《のぶなが》はいって、そのくわしいことを話《はな》した。

そしてそれを聞《き》いたぼくたちは、みんなでニヤリとわらってしまう。

カーンと快音《かいおん》を鳴《な》らして、毛利元就《もうりもとなり》の打球《だきゅう》はナポレオンの頭《あたま》を越《こ》えていった。それはセンター前《まえ》にポンとおち、これでノーアウト一塁《るい》。さっそくチャンスだ。

「ふん」

直立不動《ちょくりつふどう》で腕《うで》をくむナポレオンは、おもしろくなさそうに一塁《るい》の毛利元就《もうりもとなり》を見《み》て、鼻《はな》を鳴《な》らした。

「運《うん》がいいのである。たまたま吾輩《わがはい》の七段《だん》モーションにタイミングがあったようである」

「たまたまかどうか、見《み》ていればいいよ」

打順《だじゅん》がまわってきたぼくは打席《だせき》にたち、ナポレオンを見《み》ながらいった。

「ほう。少年《しょうねん》よ。自信《じしん》があるのはけっこうであるが、虚勢《きょせい》が見《み》え見《み》えでは、あとで恥《はじ》をかくことになるのであるぞ」

「どうだろうね」

ぼくは腰《こし》をおとして、バントのかまえをする。そしてなるべくナポレオンを見《み》ないように、そっと目《め》をそらした。

「ま、よい。すぐにアウトにしてやるのである。バントなど、君《きみ》にはできんのであるよ」

目《め》をそらしているので顔《かお》は見《み》ていないけど、ナポレオンの声《こえ》は聞《き》こえてくる。

きっとナポレオンはいまごろ腕《うで》をふりかぶって、カクカク動《うご》いたりとまったりしながら、モーションを七段《だん》にわけているんだろう。

でも目《め》をそらして姿《すがた》を見《み》ていないぼくには、どうだっていいことだ。

かんじんなのは……。

ぼくは耳《みみ》をすまし、神経《しんけい》を集中《しゅうちゅう》させる。すると、

——ドスン！

マウンドのほうから、土《つち》に足《あし》をふみこんだ重《おも》い音《おと》。

ここだっ！

ぼくはサッと目《め》をあげた。

するとマウンドに足《あし》をふみこんでいたナポレオンは、いま、まさに腕《うで》をふり抜《ぬ》こうとしている最中《さいちゅう》だった。信長《のぶなが》のいったとおり！

ぼくはしんちょうに、ナポレオンの腕《うで》に目《め》をこらす。そしてそこからボールが投《な》げられると、高《たか》さに注意《ちゅうい》しながら、グッとバットを押《お》してあてにいった。

——よし！

ボールはコツンと、うまくバットにあたる。すると勢《いきお》いが死《し》んだ打球《だきゅう》は、一塁方向《るいほうこう》へコロコロところがっていった。

「な、なんでーすと！」

キャッチャーのダ・ヴィンチがおどろきの声《こえ》をあげる。だけどプレーはとまらない。

ぼくのバント成功《せいこう》を見《み》た毛利元就《もうりもとなり》はすばやく二塁《るい》へスライディング。ぼくは一塁《るい》アウトになったけど……。

送《おく》りバント成功《せいこう》だ！

「ナイスバント！」

「よくやったぞ！」

ベンチの声《こえ》に、ぼくはおもわずガッツポーズ！　そしてこちらとは反対《はんたい》に、

「ど、どうしてであるか……。どうしてタイミングが……」

ナポレオンは頭《あたま》をかかえると、演劇《えんげき》のようにマウンドにくずれおちた。ショックなのはわかるけど、ちょっと大《おお》げさだ。

「うまくやったのう、虎太郎《こたろう》」

ネクストバッターズサークルでは、秀吉《ひでよし》がぼくをほめて肩《かた》をポンとたたいた。

「さすがワシが見《み》こんだ男《おとこ》よ。さきほどのふみ絵《え》守備法《しゅびほう》も、おぬしに一刻《いっこく》もはやく正義《せいぎ》についで目覚《めざ》めてほしかったがため。よくぞやった」

そもそも秀吉《ひでよし》のせいじゃないか。なにをしらじらしい……、と思《おも》うけど、

「さ、さすが師匠《ししょう》！　そういう意図《いと》があったのですね！」

言葉《ことば》をそのまま受《う》けとる高臣《たかおみ》クンは、それがウソだと気《き》がつかない。

「そうじゃ、高臣《たかおみ》！　見《み》ておけよ、ワシの打席《だせき》！」

秀吉《ひでよし》は親指《おやゆび》をたてて打席《だせき》にむかう。

「師匠《ししょう》……。なんて賢《かしこ》くて気高《けだか》いひとなんだ……」

高臣《たかおみ》クンは目《め》をキラキラさせている。まるで恋《こい》する乙女《おとめ》のようだ。

「……ねえ、高臣《たかおみ》クン。秀吉《ひでよし》さんのあんなの、ウソにきまってるよ。秀吉《ひでよし》さんはいっつも調子《ちょうし》がいいんだから。だいたいさ……」

ぼくが不満《ふまん》をならべはじめると、

「虎太郎《こたろう》」

高臣《たかおみ》クンが、じっとぼくを見《み》る。

「な、なに？」

「いいか。師匠《ししょう》に実力《じつりょく》が及《およ》ばず、くやしい気持《きも》ちがあるのはわかる。しかし、だからといって師匠《ししょう》の悪口《わるぐち》は、弟子《でし》のこのおれが許《ゆる》さないぞ」

「いや、そういうことじゃなくて、秀吉《ひでよし》さんはいままでだって……」

「虎太郎《こたろう》。デタラメをいうんじゃない」

高臣《たかおみ》クンは不満《ふまん》そうにそういった。どうしてぼくの話《はなし》は信用《しんよう》しないんだ。

ぼくがちぇっと舌打《したう》ちをしてベンチに座《すわ》ると、

「まああのバントであったな」

信長《のぶなが》がとなりに腰《こし》かけて、声《こえ》をかけてくる。

「うん。信長《のぶなが》さんが考《かんが》えた作戦《さくせん》のおかげだよ。この回《かい》に一気《いっき》に逆転《ぎゃくてん》しないと」

「うまくいけばいいがな」

信長《のぶなが》はかすかにわらって、また前《まえ》を見《み》た。

やっぱり、どんなときでも信長《のぶなが》はたよりになる。ぼくは信長《のぶなが》が円陣《えんじん》をくんだときに話《はな》した作戦《さくせん》を、こころの中《なか》で思《おも》いだした。

「どうしてナポレオンの動作《どうさ》にタイミングをはずされるかというと、それはヤツの投球《とうきゅう》モーションをずっと見《み》ているからである」

攻撃《こうげき》がはじまる前《まえ》、円陣《えんじん》をくんで信長《のぶなが》はいった。

「でも、モーション見《み》ないと打《う》てないよ」

「たしかにそうだ。しかしナポレオンとて、とめられない動作《どうさ》がある」

「七段《だん》にもわかれているのに？」

「そうだ。いくらモーションをわけようと、足《あし》をふみこんでからボールを投《な》げきるまでは、動《うご》きをとめられん」

「あ、なるほど！」

たしかにそうだ。そこで動《うご》きをとめちゃったら、勢《いきお》いのあるボールは投《な》げられない。

「いいか。打席《だせき》にはいったときは、ナポレオンから目《め》をそらせ」

信長《のぶなが》の言葉《ことば》に、みんながうなずく。

「そしてヤツが足《あし》を前《まえ》にふみこむ音《おと》を合図《あいず》に、目《め》をあげるのだ。あとは投《な》げられたボールだけ見《み》ればよい」

という信長《のぶなが》のその作戦《さくせん》にしたがって、毛利元就《もうりもとなり》はヒットを打《う》ち、ぼくはバントをきめたってわけ。ふつうに打《う》つよりはタイミングがとりづらいけど、七段《だん》モーションなんか見《み》るより、だいぶマシだ。

このあともファルコンズは、秀吉《ひでよし》がデッドボール（ウソばっかりつくからバチがあたったんだ）、井伊直虎《いいなおとら》のヒットで、なんとこの試合《しあい》はじめて、すべての塁《るい》をうめた。

前田慶次《まえだけいじ》はファールフライで凡退《ぼんたい》しちゃったけど、つぎはいよいよ、

「ようやくチャンスでまわってきたか」

威風堂々《いふうどうどう》とマントを風《かぜ》になびかせ、信長《のぶなが》が打席《だせき》にはいっていく。

ツーアウト満塁《まんるい》の大《だい》チャンスで登場《とうじょう》した四番《ばん》。肩《かた》でバットをかつぐその姿《すがた》に、スタジアムも大地《だいち》をゆるがすほどのもりあがり。

「打《う》てよ、信長《のぶなが》ー！」

「卑怯《ひきょう》なワールドヒーローズをやっつけろ！」

そんな声《こえ》が降《ふ》りそそぎ、ナポレオンはぎりっと歯《は》をかんだ。

「フン。民衆《みんしゅう》はわかっておらんのである。正々堂々《せいせいどうどう》と勝負《しょうぶ》したほうではなく、勝《か》ったほうが正《ただ》しいというのに……」

「フン。それならどちらにしても、貴様《きさま》が正《ただ》しくないことになる」

信長《のぶなが》はバットをかまえていいかえす。

「吾輩《わがはい》の球《たま》を打《う》つつもりであるかね？　小国《しょうこく》の魔王《まおう》よ」

「貴様《きさま》こそ見栄《みえ》はよせ。満塁《まんるい》でワシが打席《だせき》にいるという、この状況《じょうきょう》をなんとする」

「状況《じょうきょう》？　なにが状況《じょうきょう》であるか」

ナポレオンはそういって、腕《うで》をふりかぶる。そして、

「状況《じょうきょう》は吾輩《わがはい》がつくるのだっ！　見《み》ておるのである！」

と、いつものようにカクカク動《うご》きながら、ボールをリリース！　普段《ふだん》だったら絶対《ぜったい》にタイミングがくるうこの七段《だん》モーションだけど、

「つくったその状況《じょうきょう》をこわすのが、ワシなのだ！」


と、雷《かみなり》のような声《こえ》とともに、信長《のぶなが》はフルスイング。すると球《たま》はバットに食《く》いこみながらヒットし、それは火《ひ》をふくような勢《いきお》いで左中間《さちゅうかん》に弾《はじ》きかえされた。

「やったあ！」

ぼくは手《て》をにぎってたちあがる。

ランナーたちはそれぞれダッシュし、続々《ぞくぞく》と本塁《ほんるい》に帰《かえ》ってきた。

「ふははは！　久々《ひさびさ》のホームだ！」

毛利元就《もうりもとなり》が手《て》をたたいて目《め》の前《まえ》をかけ抜《ぬ》けると、

「ううう……。あてられた足《あし》が痛《いた》いのに……」

秀吉《ひでよし》も泣《な》きながらヨタヨタと帰《かえ》ってきた。そして、

「虎太郎《こたろう》。おまえ、蝶《ちょう》ネクタイにタキシードで、ホームを背景《はいけい》にあたしと記念写真《きねんしゃしん》を……」

と、ちょっと理解《りかい》ができない井伊直虎《いいなおとら》もホームをふみ、打《う》った信長《のぶなが》は二塁《るい》へ。

「す、すごいぞ……」

写真写真《しゃしんしゃしん》と食《く》いさがる井伊直虎《いいなおとら》を無視《むし》して、ぼくはふるえていた。

この大《だい》チャンスで、走者一掃《そうしゃいっそう》のタイムリーヒット。一気《いっき》に三点《てん》も追加《ついか》しちゃって、これで5―4！　一点差《いってんさ》まで詰《つ》めよった。

さすが信長《のぶなが》！

フランスに勝《か》ったイギリスのように、相手《あいて》をこっちのペースにひきずりこんだんだ！

この調子《ちょうし》なら、逆転《ぎゃくてん》も夢《ゆめ》じゃないぞ。

こっちは守備《しゅび》にだって、とっておきがあるんだから！

七回表《かいおもて》

いま、この反撃《はんげき》の空気《くうき》に水《みず》をさすわけにはいかない。

そしてそれはぼくのがんばりしだい。なにがなんでも、おさえなくちゃ。

「いいか、虎太郎《こたろう》」

みんなが守備位置《しゅびいち》につくと、高臣《たかおみ》クンがマウンドまでやってきた。

「わかってるな？　信長《のぶなが》さんの作戦《さくせん》を」

「うん。もちろん」

「じゃあ、いくぞ。反撃《はんげき》に水《みず》はささない」

そういう高臣《たかおみ》クンに、ぼくはコクリとうなずいた。

信長《のぶなが》の作戦《さくせん》はシンプルで、相手《あいて》の手段《しゅだん》をひとつひとつ封《ふう》じていくこと。ナポレオンの七段《だん》モーションをそうしたように。

たとえば先頭《せんとう》バッターのユリウス・カエサル。

「きた、見《み》た、勝《か》った」と打席《だせき》にはいり、「サイは投《な》げられたのだ」と、サイコロをふる変《か》わった打者《だしゃ》。このサイコロで六の目《め》がでれば、力《ちから》がわいてくるらしい。

『「サイは投《な》げられた」は、カエサルさんの名言《めいげん》なんだよ。もうやるしかないってときに使《つか》われるの。きっとそこから生《う》まれたバッティングだね』

ヒカルはいうけど、ユリウス・カエサルが前《まえ》の打席《だせき》で使《つか》っていたのは、ダ・ヴィンチによって改良《かいりょう》された、かならず六が上《うえ》をむくよう細工《さいく》されたサイコロ。

さっきはそのせいでヒットを打《う》たれたけど……。

「それっ！」

と、打席《だせき》でカエサルが投《な》げたサイコロの目《め》は、やっぱり六。

『六がでるとその深層意識《しんそういしき》が刺激《しげき》されてそのメカニズムが～（省略《しょうりゃく》）～、そうして眠《ねむ》っていた筋肉《きんにく》が覚醒《かくせい》するつくりになっているのでーす』

と、ダ・ヴィンチがいっていたとおり、とたんにカエサルの筋肉《きんにく》はもりもりとねじった縄《なわ》みたいにもりあがっていく。だけど……。

　ぼくはすかさず、「たあっ」と、ボールを投《な》げた。そしてキャッチャーミットではなくサイコロにボールをぶつけ、でた目《め》を無理《むり》やり変《か》えてやる。

「な、なんてこと！」

　急《きゅう》にヘナヘナとやせてしまったカエサルは、はねかえったボールを力《ちから》なく空振《からぶ》りし、

「今度《こんど》こそ！」と、またサイコロをふる。だけどつぎは高臣《たかおみ》クンが、フッと強《つよ》い息《いき》でサイコロをころがして、またまた無理《むり》やりに目《め》を変《か》えてしまった。

「た、高臣少年《たかおみしょうねん》！　おまえもか！」

　カエサルはそういいながら三振《さんしん》して、ワンアウト。

　そしてつぎのバッターは、レオニダス一世《いっせい》。

　筋肉《きんにく》ムキムキの上《うえ》に海《かい》パン一枚《まい》。その上《うえ》からマントだけはおっているという、ちょっと正気《しょうき》をうたがうファッションセンスのオジさんだ。

『このひとは、三百人《さんびゃくにん》で百万《ひゃくまん》のペルシアの大軍《たいぐん》にたちむかったって伝説《でんせつ》のすごいひとだよ。スパルタの軍人《ぐんじん》はみんなきびしい訓練《くんれん》で鍛《きた》えられていて、強《つよ》い上《うえ》に勇敢《ゆうかん》だったんだ。いま

でもきびしい練習《れんしゅう》のときに使《つか》う「スパルタ」っていう言葉《ことば》は、そこからとられたの』

ヒカルはいった。

前《まえ》の打席《だせき》では三振《さんしん》にしたけど、生前《せいぜん》のその話《はなし》のせいかツーストライクまで追《お》いこむと、すさまじい気合《きあ》いでパワーを発揮《はっき》してしまう。

『あれはどうも、ピンチに強《つよ》くなるっていうダ・ヴィンチさんの催眠術《さいみんじゅつ》みたいだね。きっとペルシア軍《ぐん》に追《お》いつめられたときのことを思《おも》いだすんだよ』

ヒカルはいうけど、ダ・ヴィンチは本当《ほんとう》になんでもありだ。

でも、攻略法《こうりゃくほう》はある。追《お》いつめてダメなら……。

ぼくは信長《のぶなが》にいわれたことを思《おも》いだしながら、ボールを投《な》げた。

ワザとゆっくり、追《お》いつめる前《まえ》に打《う》たせるつもりで。すると、

「絶好球《ぜっこうきゅう》じゃあ！」

声《こえ》だけで相手《あいて》を全滅《ぜんめつ》させてしまいそうな破壊力《はかいりょく》。

レオニダス一世《いっせい》のバットは、芯《しん》でとらえたら宇宙《うちゅう》の果《は》てまでふっ飛《と》ばしそうなスイングで、ぼくの投《な》げたボールをとらえる。

だけど高臣《たかおみ》クンのリードは、力《ちから》まかせでヒットを打《う》てるほどあまくない。

投《な》げたボールはバットの上側《うえがわ》をこすり、ポーンとあがる高《たか》い高《たか》いフライになった。雲《くも》まで届《とど》いたんじゃないかという長《なが》い滞空時間《たいくうじかん》のすえ、やがておちてきたところを高臣《たかおみ》クンがなんなくキャッチして、これでツーアウト。

追《お》いつめる前《まえ》に打《う》たせちゃったら、それほどこわい相手《あいて》でもないんだ。

『まあ、ペルシア軍《ぐん》にも負《ま》けちゃったしね』

ヒカルはにがわらいだ。

そしてつぎの打者《だしゃ》は、いよいよすべての発明品《はつめいひん》をつくりあげているダ・ヴィンチ。

「ククク……。もうヒットを打《う》つための準備《じゅんび》は終《お》わっているでーす」

ダ・ヴィンチはメガネを摘《つま》んで、ぼくにバットをむけた。

「ワタシにホームランを打《う》つ力《ちから》はありませんが、ヒットならゴロをころがせばじゅうぶん。いま、それを見《み》せてやるでーす」

「こっちだって、準備《じゅんび》は終《お》わったよ。この回《かい》は三者凡退《さんしゃぼんたい》になってもらうから」

ぼくも負《ま》けずにいいかえす。

「おもしろいでーす。どちらの準備《じゅんび》が上《うわ》まわるか、勝負《しょうぶ》でーすね」

「いいよ。勝負《しょうぶ》だ！」

ぼくは挑発《ちょうはつ》にこたえて、腕《うで》をふりかぶった。そしてダ・ヴィンチにむかって、思《おも》いっきり腕《うで》をふり抜《ぬ》く。

三振《さんしん》にできれば、それでいい。だけどたとえ空振《からぶ》りにならなくても、それでもダ・ヴィンチはアウトにできる！

「もらったでーす！」

投《な》げたボールを見《み》ると、ダ・ヴィンチのメガネがキラリと光《ひか》る。

そしてサッとバットを寝《ね》かせると、カツンとそれをボールにあてた。

セーフティバント！

打球《だきゅう》はコロコロと一塁方向《るいほうこう》へころがっていく。するとファーストを守《まも》る信長《のぶなが》がダッシュし、それをひろった。そしてすかさずふりかえり、ベースカバーをする真田幸村《さなだゆきむら》にボールをトスするけど……。

「な、なんでござるか、これはっ！」

真田幸村《さなだゆきむら》はベースを見《み》ておどろいた。

なぜならふつうはひとつのはずのファーストベース。

それがなぜか、ライン上《じょう》にふたつもあったから。

「ど、どっちが本物《ほんもの》でござるか、これっ！」

ショックを受《う》ける真田幸村《さなだゆきむら》。そりゃこんなこと、ふつうの野球《やきゅう》じゃありえないだろう。

だけど、信長《のぶなが》はあせらない。ぼくや高臣《たかおみ》クンだってそうだ。

「ワシの名前《なまえ》があるほうが本物《ほんもの》じゃっ！　はやくふめっ！」

「え？　名前《なまえ》でござるか？」

真田幸村《さなだゆきむら》はベースを見《み》る。すると片方《かたほう》のベースには、なんと、まるでかがみにうつしたような左右逆《さゆうぎゃく》の文字《もじ》で、『おだのぶなが』と、書《か》かれていた。

「これでござるか！」

真田幸村《さなだゆきむら》はそれを目印《めじるし》に塁《るい》をふみ、

「アウトォ！」

の声《こえ》を、審判《しんぱん》からひびかせた。すべてはねらいどおり！　ぼくたちは「しめしめ」って感《かん》じで、にっこりわらう。

「ど、どうしてでーすか？」

一方《いっぽう》で意味《いみ》がわかっていないのはダ・ヴィンチだ。一塁《るい》のラインで座《すわ》りこみ、ふしぎそうに目《め》をパチパチしている。

「どうしてワタシがつくった、ニセのベースを見抜《みぬ》けたでーすか？　ワタシの芸術《げいじゅつ》はかんぺきだったはず……」

「貴様《きさま》のことだ。こういう作戦《さくせん》でくるだろうと、そなえはしておいた。やはりだったな」

信長《のぶなが》がダ・ヴィンチの前《まえ》にたちはだかる。

「たしかに、貴様《きさま》がいつのまにかつくっていたベースは、かんぺきだった。ふつうでは見《み》抜《ぬ》けなかっただろう」

「では、どうして……」

「だがワシは、自分《じぶん》の名前《なまえ》が書《か》かれたスパイクを、さりげなくファーストベースにこすりつけておったのだ。それが目印《めじるし》になった」

そう。それは秀吉《ひでよし》が墨《すみ》で信長《のぶなが》のスパイクに書《か》いておいたおせっかい。

ダ・ヴィンチは万能《ばんのう》の天才《てんさい》と呼《よ》ばれていて、とくに芸術《げいじゅつ》では『モナリザ』のような、すぐれた作品《さくひん》をのこしている。

だからベースをそっくりにつくることくらい、きっと朝飯前《あさめしまえ》。それを知《し》らないうちに本《ほん》物《もの》とならべておかれたんじゃ、見分《みわ》けはつかない。それにみんな試合《しあい》に集中《しゅうちゅう》しているから、秀吉《ひでよし》のふみ絵《え》みたいに、すりかえられても気《き》づかない。

『あたし見《み》たよ。さっきの打席《だせき》は三振《さんしん》したから注目《ちゅうもく》されなかったけど、こっそりベースをふたつにしてたの。もしあれでゴロを打《う》ったら、こっちが迷《まよ》っている間《あいだ》に本物《ほんもの》のベースをふむつもりだったんだ』

とはヒカルの話《はなし》。

だから今回《こんかい》は信長《のぶなが》とぼくと高臣《たかおみ》クンで、さりげなくスパイクに信長《のぶなが》の名前《なまえ》を書《か》いた、秀《ひで》吉《よし》のおせっかいを利用《りよう》したってわけ。墨《すみ》で書《か》かれていたから、色《いろ》うつりもしやすい。

「さすが師匠《ししょう》だ……。きっとこうなることがわかっていて、信長《のぶなが》さんのスパイクに名前《なまえ》を書《か》いておいたんだ……」

目《め》をかがやかせる高臣《たかおみ》クン。なにかいうとまた怒《おこ》られそうなので、ぼくは言葉《ことば》の代《か》わりにヘラッとわらっておいた。

でも、なんにせよこれで、三者凡退《さんしゃぼんたい》のスリーアウト！

相手《あいて》の手段《しゅだん》を封《ふう》じて、こっちのペースに持《も》ちこめたぞ。

これからもこの調子《ちょうし》で、相手《あいて》の卑怯《ひきょう》な作戦《さくせん》をブロックして反撃《はんげき》していかなきゃ。

八回表《かいおもて》

その裏《うら》のファルコンズは、いいとこまで攻《せ》めたけど、けっきょく0点《てん》に終《お》わってしまった。

でも、あの調子《ちょうし》ならきっとすぐに点《てん》をとってくれる。

たぶんつぎの一点《いってん》がどっちにはいるかで、試合《しあい》がきまってしまうだろう。ぼくはそれがワールドヒーローズにはいらないように、がんばらなきゃ。

そう思《おも》っていると、

「小僧《こぞう》……」

前《まえ》のほうから、よゆうのないそんな声《こえ》。

見《み》ると先頭《せんとう》バッターのナポレオンが、白馬《はくば》にのって打席《だせき》のそばまでやってきていた。そして高《たか》いところから、ぼくをにらみつける。しかし、どうして白馬《はくば》で……。

「さっきから我々《われわれ》の道具《どうぐ》を封《ふう》じ、吾輩《わがはい》を、この英雄《えいゆう》をバカにしおって……。許《ゆる》さんのである！」

「バカになんてしてないよ。むしろ、そっちの野球《やきゅう》がぼくたちをバカにしてる」

「フン。いってもわからんなら、実力行使《じつりょくこうし》あるまでである」

ナポレオンは気取《きど》った口調《くちょう》でいうと、ひょいと馬《うま》からおりた。そしてビッとぼくにバットをむける。

「ここでダメ押《お》し点《てん》をいれて、吾輩《わがはい》はさっさと帰《かえ》るのである。昨日《きのう》も三時間《じかん》しか寝《ね》てないので、この長《なが》いゲームはたいくつで眠《ねむ》いのである」

「そんな……」

クラスの田中《たなか》クンが「おれ、昨日《きのう》ちょっとしか寝《ね》てないわー」とか、よくとくいげな口《く》調《ちょう》でいってるけど、まさかナポレオンみたいな大人《おとな》のひとから、同《おな》じような寝《ね》てないじまんを聞《き》くなんて……。

『ナポレオンさんは三時間《じかん》しか寝《ね》ないって有名《ゆうめい》な話《はなし》なんだけど』

ビックリしていると、ヒカルの声《こえ》。

『でも、それには裏話《うらばなし》があって、じつはしっかり七時間睡眠《じかんすいみん》してたらしいんだ。しかも午後《ご》には昼寝《ひるね》もしてたとか』

『ぼ、ぼくよりよく寝《ね》てるじゃないか！』

ショックを受《う》けるぼく。そんなとこでまでウソつくなんて！

「……ナポレオンさん。そんなことばっかりいってるひとが、本当《ほんとう》にすごいなんて思《おも》えないよ。このゲームに勝《か》つのは、やっぱりぼくたちだ」

「なにをおろかな」

「おろかじゃないよ。ナポレオンさんがぼくたちに勝《か》つのは、不可能《ふかのう》だ！」

「不可能《ふかのう》だと？」

ナポレオンは打席《だせき》にはいりながら、フッとわらった。すると頭《あたま》の中《なか》に、ヒカルのうれしそうな声《こえ》が聞《き》こえてくる。

『でるよ、でるよ、虎太郎《こたろう》クン。ナポレオンさんのあの名言《めいげん》！』

『あ、あの名言《めいげん》？』

なんだろう。ぼくはナポレオンの言葉《ことば》を待《ま》ち、耳《みみ》をすます。すると彼《かれ》はすうっと息《いき》を吸《す》いこみ、

「吾輩《わがはい》の辞書《じしょ》に、不可能《ふかのう》の文字《もじ》はないっ！」


といった。するとスタジアムはドッとわらいにわいて、

『きたきたきたよ！　ナポレオンといえば、やっぱりこれ！』

と、ヒカルはうれしそうにわらう。高臣《たかおみ》クンもなぜか拍手《はくしゅ》してるし。

だけど、その名言《めいげん》って、そんなおわらい芸人《げいにん》の持《も》ちネタみたいな感《かん》じなの？　だいたいその辞書《じしょ》が不良品《ふりょうひん》だったとしか……。

吾輩の辞書に
不可能の文字は
なぁいっ!

ぼくがこころの中《なか》でツッコミまくっていると、

「小僧《こぞう》よ。吾輩《わがはい》は逆《ぎゃく》に聞《き》きたいのであるが」

ナポレオンはバットをおろして、こっちを見《み》た。

「正々堂々《せいせいどうどう》と戦《たたか》うことが、そんなに大事《だいじ》なことであるのかね？」

「な、なにを……。あたり前《まえ》じゃない」

「そうか……。しかし正々堂々《せいせいどうどう》と戦《たたか》って負《ま》けても、負《ま》けは負《ま》け。そのときのカッコ悪《わる》さやみじめさを考《かんが》えると、勝《か》つことにこだわらなければならないと、吾輩《わがはい》は思《おも》うのである」

「そ、それは……」

「おまえはそのみじめなカッコ悪《わる》さを知《し》らんから、きれい事《ごと》がいえるのである。しかし吾輩《わがはい》はちがう！　勝《か》ちにこだわることこそが大事《だいじ》だと気《き》がついたのである！　そのためには手段《しゅだん》は選《えら》ばぬのである！」

「うう……」

なんとなく、いっていることはわかる。ぼくだって同《おな》じことを考《かんが》えたんだから。

でも、生前《せいぜん》に同《おな》じ思《おも》いを味《あじ》わった信長《のぶなが》は、ひきいるチームで正々堂々《せいせいどうどう》と戦《たたか》っている。ナポレオンはその逆《ぎゃく》だ。

「……ナポレオンさんの気持《きも》ちは、わかるよ。だけど相手《あいて》とむきあって勝負《しょうぶ》することが、やっぱりスポーツだと思《おも》う」

「あまいのである。そんなことをいっているようでは、いずれカッコ悪《わる》くみじめな思《おも》いを味《あじ》わうであろう。……いや、この試合《しあい》でそうなるのであるかな」

「そんなことに、ならない！」

やり場《ば》のない感情《かんじょう》を発散《はっさん》するように、ぼくはそのまま勢《いきお》いよく腕《うで》を高《たか》くかかげる。けっかで説明《せつめい》してやる！　そんな気持《きも》ちだった。

「バカ、虎太郎《こたろう》！　敵《てき》の挑発《ちょうはつ》にのって……」

高臣《たかおみ》クンの注意《ちゅうい》する声《こえ》が聞《き》こえてくるけど、もうおそい。ぼくはそのまま足《あし》をあげ、腕《うで》をうしろにまわしていく。するとそのとき、

「かかったであるな！　いまである、ダ・ヴィンチ！」

ナポレオンがベンチに指示《しじ》すると、

「ククク……。しょうちしておりますでーす！」

ダ・ヴィンチの返事《へんじ》が聞《き》こえてきた。——なんだ？　なにをするつもりだ？

気《き》になるけど、動《うご》きだした投球動作《とうきゅうどうさ》はとめられない。ぼくは集中《しゅうちゅう》をきらせないために前《まえ》を見《み》つづけるけど、

「う、うわあっ！」

そんなおどろいた声《こえ》をあげてしまう。

なぜならぼくの目《め》の前《まえ》には、いきなり大《おお》きい門《もん》のような建物《たてもの》があらわれたから。本当《ほんとう》に『門《もん》』って漢字《かんじ》のようなかたちのもので、ぼくの身長《しんちょう》の倍《ばい》くらいある！

「な、なにこれっ！」

マズいぞ！　コントロールをまちがうと、門《もん》のどこかにぶつかっちゃう！　ぼくは門《もん》の正面《しょうめん》にある通路《つうろ》をくぐらせるようにボールを投《な》げるけど、

「ふはは！　絶好球《ぜっこうきゅう》である！」

ちょうど真《ま》ん中《なか》にきたそれを、ナポレオンは見逃《みのが》さない。力強《ちからづよ》いふみこみで足《あし》を前《まえ》にだすと、そのまま腰《こし》をまわしてバットをフルスイング！

それは見事《みごと》にぼくが投《な》げたボールをとらえ、レフト方向《ほうこう》にふっ飛《と》ばした。

18

「あ」

ぼくは（しまった）と、思《おも》ったけど、もうおそい。

ボールは空《そら》を見《み》あげる前田慶次《まえだけいじ》の、はるか頭上《ずじょう》を越《こ》えていく。そしてそのままつきささるように、スタンドの中段《ちゅうだん》に吸《す》いこまれていった。

――ここにきて、ホームラン……。

「ああ……」

ぼくはがっくりと、ひざをつく。

この終盤《しゅうばん》で一点《いってん》の持《も》つ意味《いみ》は大《おお》きい……。つぎの一点《いってん》が試合《しあい》を左右《さゆう》すると思《おも》っていたのに、まさか相手方《あいてがた》にはいっちゃうなんて……。

絶望《ぜつぼう》の中《なか》、ぼくは目《め》がうつろになり、息《いき》も荒《あら》くなる。どうしていいかわからずにいると前《まえ》のほうから、

「審判《しんぱん》！」

高臣《たかおみ》クンが声《こえ》をあげた。

「いまのはいくらなんでもメチャクチャだろう！　虎太郎《こたろう》が投《な》げるコース上《じょう》に、小《ちい》さいと

はいえエトワール凱旋門《がいせんもん》を出現《しゅつげん》させるなんて！」

高臣《たかおみ》クンは、いきなり出現《しゅつげん》した大《おお》きな門《もん》を指《ゆび》さした。あれ、凱旋門《がいせんもん》っていうんだ。

『エトワール凱旋門《がいせんもん》はね、ナポレオンさんが戦争《せんそう》に勝《か》ったとき、その記念《きねん》にいまのシャルル・ド・ゴール広場《ひろば》って場所《ばしょ》につくらせたものなんだ。完成《かんせい》のころにはナポレオンさん、亡《な》くなっていたんだけどね。いまではパリの観光名所《かんこうめいしょ》になってるんだよ』

『そうなんだ……』

ヒカルの声《こえ》に返事《へんじ》をするけど、納得《なっとく》はできない。とっさにあれの通路《つうろ》にボールをくぐらせたせいで、コースがあまくなっちゃったんだから。

「まあ、たしかにあまり感心《かんしん》しないことですが……」

審判《しんぱん》の鬼《おに》は、高臣《たかおみ》クンの抗議《こうぎ》に困《こま》った顔《かお》だ。

「しかしルール上《じょう》は、問題《もんだい》ありません」

「どうしてだ？　あんなものが……」

高臣《たかおみ》クンの言葉《ことば》に、

「それはホログラム、ただの立体映像《りったいえいぞう》でーす」

相手《あいて》ベンチからダ・ヴィンチが、審判《しんぱん》の代《か》わりにこたえた。するとその凱旋門《がいせんもん》がふっと消《き》える。

「ホログラムだと？」

「そうでーす。ワタシがつくった、光《ひかり》の屈折《くっせつ》を利用《りよう》する実体《じったい》のないもの。いわばそこにあったのは幻《まぼろし》で、そんなものは反則《はんそく》にならないでーす」

「く……、この……！」

「ククク……。虎太郎少年《こたろうしょうねん》が冷静《れいせい》だったら、もしかしたら見破《みやぶ》れたかもしれないでーす。冷静《れいせい》さをかいた、そちらの負《ま》けでーすねー」

ダ・ヴィンチがわらうと、相手《あいて》ベンチもそれにつられるように、ドッとわらった。でも観客《かんきゃく》のみんなは、スタンドから大《だい》ブーイング。

「やりかたがきたないぞ！」

「おれたちは野球《やきゅう》が見《み》たいんだ！」

「そんなんで勝《か》って、うれしいのか！」

お客《きゃく》さんの声《こえ》はそんないかりのこもったものばかりだった。

なんとか、しないと……。

差《さ》はひらいてしまった。終盤《しゅうばん》には致命的《ちめいてき》な二点差《てんさ》だ。

でも、ナポレオンのピッチングはすでに攻略《こうりゃく》している。

ここでぼくがふんばれば、まだ勝機《しょうき》はあるかもしれない。

なにがなんでも、やってやるぞ……。絶対《ぜったい》に、もう点《てん》はやらない！

4章《しょう》 英雄《えいゆう》 VS《たい》 英雄《えいゆう》

	1	2	3	4	5	6	7	8	9	計	H	E
世界	3	0	2	0	0	0	0	1		6	12	0
桶狭間	0	0	0	0	1	3	0			4	5	0

世界 WORLD HEROES

1 ユリウス・カエサル 二
2 レオニダス一世 三
3 レオナルド・ダ・ヴィンチ 捕
4 ナポレオン・ボナパルト 投
5 マシュー・ペリー 一
6 チンギス・ハーン 中
7 始皇帝 左
8 ジャンヌ・ダルク 右
9 フランシスコ・ザビエル 遊

B
S
O

UMPIRE

CH	1B	2B	3B
赤	青	黒	桃
鬼	鬼	鬼	鬼

OKEHAZAMA Falcons

1 豊臣 秀吉 右
2 井伊 直虎 中
3 前田 慶次 左
4 織田 信長 一
5 真田 幸村 二
6 川島 高臣 捕
7 伊達 政宗 三
8 毛利 元就 遊
9 山田虎太郎 投

九回表《かいおもて》

八回表《かいおもて》は動揺《どうよう》がのこってしまったのか、あのあと満塁《まんるい》まで攻《せ》められてしまった。大《だい》ピンチだったけど、高臣《たかおみ》クンのリードのおかげでなんとかのりきり、そして八回裏《かいうら》。期待《きたい》した攻撃《こうげき》でこっちも満塁《まんるい》になるまで攻《せ》めたけど、

「さいごの手段《しゅだん》である」

と、ナポレオンはここにきて謎《なぞ》の変化球《へんかきゅう》を解禁《かいきん》。

それはどう変化《へんか》するかわからない球《たま》で、でもナックルよりスピードのある謎《なぞ》のボール。

それを目《め》にしたファルコンズベンチは、「なんだ、アレは……」と、おどろきで口《くち》をあんぐり開《あ》けちゃってる。

「ここにきて、あんなボールをかくしもっていたとは……」

「しりあがりに調子《ちょうし》をあげるタイプか？　やっかいな……」

と、少《すこ》しお手《て》あげモード。みんな懸命《けんめい》に見《み》てなんとか打《う》とうとしたけど、でも、けっ

きょくそのボールにファルコンズは手《て》がでずに無得点《むとくてん》。

そしていよいよ九回表《かいおもて》をむかえたってわけだけど……、

「クソッ！」

ダ・ヴィンチがコツンとあてたボールに、おもわずそうつぶやいてしまうぼく。

コロコロころがる打球《だきゅう》はぼくが処理《しょり》して、すばやく一塁《るい》へ。すると信長《のぶなが》はぼくの送球《そうきゅう》を受《う》けとってベースをふみ、これでツーアウト。

だけど……。ぼくはチラッと二塁《るい》を見《み》る。

そこでは筋肉《きんにく》ムキムキ海《かい》パン男《おとこ》のレオニダス一世《いっせい》が、成功《せいこう》した送《おく》りバントに、「うおー！」と、でっかい声《こえ》でほえていた。

先頭《せんとう》のカエサルを三振《さんしん》にすると、さっきの打席《だせき》と同《おな》じように、レオニダス一世《いっせい》と対戦《たいせん》したぼく。だけどレオニダス一世《いっせい》の打《う》ったボールは、三塁線《るいせん》をころがるびみょうなあたり。

サードの伊達政宗《だてまさむね》は必死《ひっし》のプレーで一塁送球《るいそうきゅう》したけど、レオニダス一世《いっせい》は陸上選手《りくじょうせんしゅ》みたいなはしりかたで一塁《るい》セーフ。ただのゴロを内野安打《ないやあんだ》にしてしまう。

そしていま、ダ・ヴィンチに送《おく》りバントをきめられたってわけ。しかも悪《わる》いのはつぎの

打者《だしゃ》が、

「まーた吾輩《わがはい》までまわってきたであるか。眠《ねむ》いのに」

と、さっきホームランを打《う》たれた、四番《ばん》のナポレオン。ズルをしているとはいえ、今日《きょう》は三ホーマーと絶好調《ぜっこうちょう》。このピンチに、最悪《さいあく》のバッターだ……。

「眠《ねむ》いなら寝《ね》てたらいいよ。助《たす》かるから」

「すまんがそうもいかんのである。勝利《しょうり》は忍耐強《にんたいづよ》い人間《にんげん》にもたらされるものである」

眠《ねむ》いのがまんするだけで、大《おお》げさな……。

「それに、もっとも危険《きけん》なのは勝利《しょうり》するそのときである。英雄《えいゆう》は決《けっ》してゆだんしない」

「うう……」

この調子《ちょうし》じゃ、つぎはどんなプレーをしてくるかわからない。

いや、凱旋門打法《がいせんもんだほう》でさっきのホログラムをやられても、またつられて真《ま》ん中《なか》に投《な》げてしまいそうな気《き》がする。敬遠《けいえん》したってあとの打者《だしゃ》に卑怯《ひきょう》なプレーをされるんじゃ、ピンチをひろげてしまうだけだ。

いったい、どうしたら……。ぼくは時間《じかん》をかせぐように、マウンドを足《あし》でならした。するとさっきの回《かい》よりも、かなりデコボコがあるのに気《き》がつく。

——？　なんでこんなにマウンドが荒《あ》れてるんだろう……？

ふしぎに思《おも》っていると、

「怖《お》じ気《け》づいたであるか、小僧《こぞう》」

ナポレオンが、口《くち》のはしをゆがめていってくる。

「な、なにを……」

「まあ、無理《むり》もないのである。寝不足《ねぶそく》の吾輩《わがはい》にホームランを打《う》たれてしまうのであるから」

「こ、こわくなんか、ないっ！」

ぼくは大《おお》きな声《こえ》をあげた。だけどそれが不安《ふあん》のあらわれであることは、誰《だれ》より自分自身《じぶんじしん》がわかっていた。どうしよう……。そう思《おも》っていると、

「タイム」

高臣《たかおみ》クンがマスクをぬいで、マウンドまでかけよってきた。

「ど、どうしたの、高臣《たかおみ》クン？」

ぼくの質問《しつもん》に、

「おちつけ」

高臣《たかおみ》クンはメガネを光《ひか》らせていった。あくまでまじめで、無表情《むひょうじょう》だ。

「おちつけっていわれても、でも……」

「虎太郎《こたろう》。冷静《れいせい》になれば、なにもこわくない。おまえにはおれのリードがある。ちがうか？」

「え、うん……」

「おれを信《しん》じて投《な》げろ。それだけでいい」

高臣《たかおみ》クンはそういって、ぼくの肩《かた》をポンとたたくと、また自分《じぶん》の守備位置《しゅびいち》にもどっていった。そのあとのぼくのこころは、自分《じぶん》でもふしぎなくらいおだやかになっていた。

たよりになる、パートナーだ……。

……そうだ。ぼくは高臣《たかおみ》クンを信《しん》じて投《な》げる。それしかない。あせっている場合《ばあい》じゃないんだ。

ぼくは不安《ふあん》を打《う》ちけすように、大《おお》きく息《いき》を吸《す》った。そして、

「じゃあ、いくよ！」

と、足《あし》をあげると胸《むね》をひっぱるように腕《うで》をまわし、それを力《ちから》いっぱいふり抜《ぬ》いた。ねら

いは高臣《たかおみ》クンのキャッチャーミット！　さあ、どうだ！

「あまいあまいあまいのである！　どこへ投《な》げても無駄《むだ》である！」

ナポレオンはそういって足《あし》をふみこむと、

「キャッチャーミット封鎖令《ふうされい》！」


と叫《さけ》び、大《おお》きな回転《かいてん》でバットをふる。

しかしそれは声《こえ》ばっかりで、ぼくのボールは空振《からぶ》り。さすが高臣《たかおみ》クンのリードだ！　と、そう思《おも》っていたら……。

「クッ！」

高臣《たかおみ》クンがミットをはめた手《て》をおさえて、うずくまっている。

「おやおや。スイングが大《おお》きすぎて、ミットにあたってしまったようである。許《ゆる》されよ」

ナポレオンはちっとも悪《わる》びれずにいった。

絶対《ぜったい》にワザとだ！　スイングでキャッチャーミットをたたくなんて！

「な、なんてことするんだ！」

ぼくは瞬間的《しゅんかんてき》にいかりがわいて、マウンドをおりた。そしてナポレオンに詰《つ》めよろうとするけど……。

「だいじょうぶだ、虎太郎《こたろう》」

高臣《たかおみ》クンがこっちに手《て》の平《ひら》をむけて、ぼくをとめる。

「だ、だって、高臣《たかおみ》クン……」

「冷静《れいせい》になれ。ここで怒《おこ》っても、相手《あいて》の思《おも》うつぼだ」

高臣《たかおみ》クンは顔中《かおじゅう》を汗《あせ》まみれにして、そういった。痛《いた》いにちがいないのに……。

「いいから、マウンドにもどるんだ。おまえはおれを信《しん》じていろ」

高臣《たかおみ》クンは強《つよ》い口調《くちょう》でいった。

なんてことだ……。ぼくのパートナーが……。

ぼくはナポレオンを一目《ひとめ》にらんでから、マウンドにもどる。視界《しかい》にうつったナポレオンは、はげしいブーイングの中《なか》にあっても、不敵《ふてき》なわらいをうかべてこっちを見《み》ていた。本《ほん》当《とう》に卑怯《ひきょう》なヤツだ……。

『さっきのはきっと、大陸封鎖令《たいりくふうされい》をヒントにしたバッティングだね』

イライラしていると、ヒカルの声《こえ》が聞《き》こえてくる。

『なんなの、それ？　大陸封鎖令《たいりくふうされい》？』

『大陸封鎖令《たいりくふうされい》っていうのは、イギリスに海戦《かいせん》で負《ま》けたナポレオンさんが、なんとかイギリスを追《お》いつめようとして、ヨーロッパの国々《くにぐに》にイギリスとの貿易《ぼうえき》を禁止《きんし》したことをいうんだ。いまのもミットにボールがはいらないように、高臣《たかおみ》クンの手《て》をたたいたんだね』

『せ、戦争《せんそう》に負《ま》けたからって、そんなの！』

『そこからだよ。きっとナポレオンさんが変《か》わったの。大陸封鎖令《たいりくふうされい》だってけっきょくは失敗《しっぱい》して、ロシアとの戦争《せんそう》に負《ま》けるきっかけにもなったんだから』

たしか卑怯《ひきょう》な作戦《さくせん》に卑怯《ひきょう》な手段《しゅだん》でかえして……、って話《はなし》だったっけ。

でもキャッチャーミットをバットでたたくなんて、あまりにもメチャクチャだ。高臣《たかおみ》クンのためにも、なんとかそれが卑怯《ひきょう》なんだって、やっちゃダメなことなんだってわからせてやらないと……。

でも、どうやって？

なにをやったって、ナポレオンにはきっとつうじない。いや……。

ぼくの頭《あたま》に、あるひとつの考《かんが》えがうかんだ。——単純《たんじゅん》だけど、ひとつ方法《ほうほう》がある。

ボールをぶつけてしまったらどうだろう……？

そしたら高臣《たかおみ》クンの痛《いた》みがわかって、自分《じぶん》のまちがいに気《き》がつくかもしれない。少《すこ》し強《ごう》引《いん》だけど、自業自得《じごうじとく》だよ。

そうだ。高臣《たかおみ》クンの敵《てき》だし、本多忠勝《ほんだただかつ》や島津義久《しまづよしひさ》だって、たぶんワザとボールをあてられた。それに卑怯《ひきょう》な手段《しゅだん》がダメだってわからせることが、ナポレオンのためでもあるんだ。

だから……。

「虎太郎《こたろう》！」

考《かんが》えていると、一塁《るい》から信長《のぶなが》の大声《おおごえ》が聞《き》こえた。


「弱《よわ》さの克服《こくふく》こそが、強《つよ》さと知《し》れ！」

信長《のぶなが》は真剣《しんけん》な顔《かお》で、そういった。

そしてぼくは、その声《こえ》でハッと我《われ》にかえった。——危《あぶ》ない……。

また、同《おな》じことをくりかえしてしまうところだった。

悪《わる》いほうに流《なが》れるのは非常《ひじょう》に楽《らく》だって信長《のぶなが》がいっていたけど、そのとおり。しっかりしていないと、簡単《かんたん》に道《みち》をふみはずしてしまう。ぼくは背中《せなか》に、ゾッとしたこわさを感《かん》じた。

そしてぼくを見抜《みぬ》き、声《こえ》をかけてくれた信長《のぶなが》に感謝《かんしゃ》する。

「いいか、虎太郎《こたろう》！」

信長《のぶなが》はつづける。

「卑怯《ひきょう》とは弱《よわ》さのひとつのかたちである。勇敢《ゆうかん》な貴様《きさま》は、再《ふたた》びそれに負《ま》けることはないはずだ！」

「信長《のぶなが》さん……」

「ちがうのか？」

念《ねん》を押《お》すような信長《のぶなが》に、ぼくは「ううん」と首《くび》をふった。ちょっと、泣《な》きそうだった。

「では、むかっていけ。ヤツにファルコンズ魂《だましい》を見《み》せてやるのだ！」

信長《のぶなが》の言葉《ことば》に、ぼくはうなずいて前《まえ》をむく。そこにはニヤついているナポレオンがいた。

「おもしろい見《み》せものだったのであるな」

「卑怯者《ひきょうもの》には、わからないよ」

「……さっきから、卑怯卑怯《ひきょうひきょう》と……」

ぼくの言葉《ことば》に、ナポレオンが反応《はんのう》した。

「おもしろいのである！　さいごくらいは小細工《こざいく》なしのバッティングをしてやるのである！　さあ！」

ナポレオンは力強《ちからづよ》くバットをたてて、

「かかってくるのである！　おまえの辞書《じしょ》には不可能《ふかのう》の文字《もじ》しかない！」

と、いさましく口《くち》にした。でも、ナポレオンのその姿《すがた》はもうぼくにとってこわくはうつらず、むしろ自分《じぶん》の中《なか》にいる弱虫《よわむし》のようにも見《み》えた。

――負《ま》けない！　弱《よわ》さを克服《こくふく》することが、強《つよ》さなんだ！

見《み》ると高臣《たかおみ》クンも、手《て》が痛《いた》いだろうけどミットをかまえてくれていた。みんなが、一生《いっしょう》懸命《けんめい》だ。卑怯《ひきょう》にはしらず、強《つよ》い。なら、ぼくがやるべきことはひとつだ。

ぼくは目《め》をつぶって、神経《しんけい》を集中《しゅうちゅう》させた。

OKEHAZAMA
Falcons

血《ち》がわきたち、皮膚《ひふ》がチリチリ焼《や》けそうなほど緊張《きんちょう》が高《たか》まってくる。体《からだ》の奥底《おくそこ》から、力《ちから》がこみあげてくるようだった。

『こ、虎太郎《こたろう》クン！　ぼうしのＦ《エフ》マークが！』

ヒカルのおどろいた声《こえ》が聞《き》こえてくる。

ああ、きっとぼうしのＦ《エフ》マークが光《ひか》っているんだ。

そのかがやきは、ぼくのベースボールスピリットが高《たか》まった証《あかし》。

そう。いまのぼくには、まるでもえさかる火《ひ》を飲《の》みこんだみたいに、体中《からだじゅう》から闘志《とうし》がたぎっていた。

——この力《ちから》があれば！

「勝負《しょうぶ》だ！　いくぞ！」

ぼくはいって、腕《うで》を高《たか》くかかげた。そして足《あし》を前《まえ》にふみだすと、ぼくは全体重《ぜんたいじゅう》をそこにのせて、背中《せなか》から腕《うで》をまわしてくる。

もう、自分《じぶん》の弱《よわ》さには負《ま》けない！　もえるこの闘志《とうし》を力《ちから》に変《か》えて！　さあ！

——負《ま》けられない理由《りゆう》が、ぼくにはある！

「神風《かみかぜ》ライジングー！」


ぼくはそういって、高臣《たかおみ》クンのミットめがけ、そのまま指先《ゆびさき》からボールをリリースした。

それはまるでズドンと大砲《たいほう》をはなったような手応《てごた》えを体《からだ》にのこし、ボールは定規《じょうぎ》でひいた線《せん》のようにキャッチャーミットにむかっていく。

高臣《たかおみ》クン。痛《いた》いだろうけど、ちょっとだけがまんして！

「な、なにいっ！」

ボールを見《み》ておどろきの声《こえ》をあげるナポレオン。そのスイングもちゅうとはんぱで、ぼくが投《な》げたボールはバットの上《うわ》っ面《つら》をこすり、ポーンとこっちに飛《と》んできた。

「ナポレオンさん」

ぼくは宙《ちゅう》にうかぶそのフライをながめながら、バッターボックスにむかって呼《よ》びかける。

「ねえ、八回《かい》に正々堂々《せいせいどうどう》と戦《たたか》うことがそんなに大事《だいじ》なことかって、聞《き》いてきてたよね。あのあと、ちょっと考《かんが》えたんだけど……」

ぼくはいいながら、グラブをかまえた。

「ぼくはやっぱり、きちんと相手《あいて》とむきあって戦《たたか》うことがスポーツだと思《おも》う。卑怯《ひきょう》な手《て》を使《つか》ったら、勝《か》っても負《ま》けてもスッキリしないし。だけど」

ぼくは落下《らっか》してきた打球《だきゅう》を、パスッという音《おと》とともにグラブで受《う》けとった。それを見《み》た審判《しんぱん》が「アウト！」とコールする。

するとナポレオンはベンチに帰《かえ》ろうと、クルッとむこうへふりかえった。だけどぼくはベンチに帰《かえ》るナポレオンの背中《せなか》に声《こえ》をかけつづける。

「ぼくも信長《のぶなが》さんにいわれて気《き》がついたんだ。卑怯《ひきょう》な手段《しゅだん》を使《つか》うということは、自分《じぶん》に対《たい》する負《ま》けだって」

ぼくはそういって、ナポレオンへの言葉《ことば》を終《お》えた。

ナポレオンは聞《き》いているのかいないのか、ベンチでおもしろくなさそうに、いつもの姿《し》勢《せい》で腕《うで》をくんでいた。

九回裏《かいうら》

って、さっきはカッコいいこといっちゃったけど、この回《かい》に二点《てん》はいらなければ負《ま》けは負《ま》けだ。卑怯《ひきょう》な手段《しゅだん》にこころは負《ま》けなくても、残念《ざんねん》なことにルール上《じょう》は負《ま》けになってしまう。しかもこの最終回《さいしゅうかい》、打順《だじゅん》が最悪《さいあく》だ。

「ストライック！　バッターアウト！」

「ストライック！　バッターアウト！」

先頭《せんとう》のぼくと二番目《ばんめ》の秀吉《ひでよし》は、そろって審判《しんぱん》から三振《さんしん》のコールをくらってしまう。ナポレオンのみょうな変化球《へんかきゅう》にまったく手《て》がでない。勝負《しょうぶ》がかかる回《かい》にぼくと秀吉《ひでよし》からの打順《だじゅん》なんて、なんてツイてないんだろう。これで九回裏《かいうら》にいきなりツーアウト。

「ああ……」

秀吉《ひでよし》が三振《さんしん》した瞬間《しゅんかん》、ぼくはおもわず頭《あたま》をかかえた。もう、絶体絶命《ぜったいぜつめい》だ。どうしようもない。これまで何回《なんかい》もピンチを味《あじ》わったけど、今回《こんかい》ほどのものはなかった。

「フハハハ！　ファルコンズのしょくん！」

くちびるをかみしめていると、ナポレオンの声《こえ》が聞《き》こえてくる。

「さっきは吾輩《わがはい》をアウトにしてとくいな顔《かお》をしていたであるが、えらそうなことをいう前《まえ》に、吾輩《わがはい》の変化球《へんかきゅう》を打《う》ってみるのである！　あとワンアウトの間《あいだ》に！」

いってから、無表情《むひょうじょう》で高《たか》わらいをするナポレオン。

「うるせえ！」

つぎのバッターの井伊直虎《いいなおとら》が、ビシッとバットをナポレオンにむけた。

「卑怯《ひきょう》な手《て》ばっか使《つか》いやがって！　そんなことであたしたちに勝《か》ってうれしいのかよ」

「……フン！」

ナポレオンはいいかえさずに、鼻《はな》を鳴《な》らした。てっきり反論《はんろん》してくると思《おも》ってたぼくは、ちょっと拍子《ひょうし》抜《ぬ》けだ。

——想像《そうぞう》だけど、たぶんナポレオン本人《ほんにん》だってわかりかけている。

さっきの打席《だせき》だって、ナポレオンは正々堂々《せいせいどうどう》と実力《じつりょく》で勝負《しょうぶ》してきた。きっとそれが正《ただ》しいと、こころのどこかでは感《かん》じているから。いまのまま勝《か》っても、本当《ほんとう》の意味《いみ》で勝《か》ったことにならないってこと、ぼんやりと理解《りかい》している。だって、かつては英雄《えいゆう》と呼《よ》ばれて皇帝《こうてい》にまでなったひとなんだ。

なんとか、ならないかな……。ベンチの中《なか》でそう思《おも》っていると、

「うーむ……」

三振《さんしん》になった秀吉《ひでよし》が、むずかしい顔《かお》をしてベンチに帰《かえ》ってきた。三振《さんしん》なんていつものことなのに、いまさらどうしたんだろう？

「いや、ナポレオンの変化球《へんかきゅう》、なーんかふしぎなまがりかたをするんじゃよね……。いままで見《み》たことないっていうか……」

「なにそれ……。三振《さんしん》した言《い》い訳《わけ》じゃないの？」

ぼくが秀吉《ひでよし》にいうと、

「虎太郎《こたろう》！　師匠《ししょう》のいうことにウソがあるか！」

それまでヒカルをチラチラ見《み》ていた高臣《たかおみ》クンが怒《おこ》ってしまう。うう……。やりにくい……。

「いや、虎太郎《こたろう》。マジじゃよ、マジ。おぬしはわからんかったか？」

「まあ、たしかに見《み》たことないまがりかただったけど……。でも、ふつうに投《な》げてるし」

「うーむ……」

ぼくと秀吉《ひでよし》はそろって腕《うで》をくんだ。すると、
キイン！

スタジアムにひびきわたる、にぶい音《おと》。

あわてて前《まえ》に目《め》をもどすと、そこでは井伊直虎《いいなおとら》がバットをほうりなげ、一塁《るい》にダッシュしているところだった。打球《だきゅう》はショートのザビエルが処理《しょり》していて、

「ダメだ……！」

ベンチの中《なか》で、みんなおもわず嘆《なげ》きのため息《いき》をもらした。このままじゃ、内野《ないや》ゴロでアウト。そしてゲームセットだ。

これじゃもう、高臣《たかおみ》クンは完全《かんぜん》に生《い》きかえれない。ぼくだって寿命《じゅみょう》の半分《はんぶん》を高臣《たかおみ》クンにあげたままだ。それに野球《やきゅう》だって日本《にほん》にはいってこなくなるし、もう絶望《ぜつぼう》……。

「ああっ！」

目線《めせん》をさげていると、今度《こんど》は強《つよ》いおどろきの声《こえ》。見《み》るとザビエルが一塁《るい》に投《な》げたボールが変《へん》にまがって、見《み》たことのない悪送球《あくそうきゅう》になっていた。

「ナンデヤネーン！」

と、ファーストのペリーが跳《と》びつくけど、グラブはボールに届《とど》かない。そのスキに井伊《いい》直虎《なおとら》は一塁《るい》にヘッドスライディング！　審判《しんぱん》は「セーフ！」と腕《うで》を横《よこ》にひろげた。

「やったぞ！」

「ナイスガッツ、井伊《いい》直虎《なおとら》！」

ファルコンズは口々《くちぐち》に井伊《いい》直虎《なおとら》に声《こえ》を送《おく》る。

ぼくもみんなと一緒《いっしょ》に「やった！」って、手《て》をあげてよろこんでいたら、井伊《いい》直虎《なおとら》は一塁《るい》からスマホをかまえ、わらっているぼくをパチリ。そして「うふふ……」と、不気味《ぶきみ》にわらってスマホをしまった。あのひと、たまにこわい……。

一方《いっぽう》で「ちっ！」とおもしろくなさそうなのはナポレオンだ。

「ちょっと、つけすぎたであるか……。しょうがない」

ってボールを見《み》ながらつぶやいている。でも、むこうのピンチはこっちのチャンスだ。

「負《ま》けると思《おも》われてるなら、打《う》つしかねえ！」

つぎの打者《だしゃ》の前田慶次《まえだけいじ》は、チャンスの勢《いきお》いにのってバットをスイング！

それはボールをすくいあげるような打《う》ちかたで、打球《だきゅう》はうまく外野《がいや》にはこばれた。もちろんヒット！　これでツーアウトながら、同点《どうてん》のランナーまででたぞ！

「クッ！　今度《こんど》は少《すく》なくて変化《へんか》しなかったのである！　むずかしい球《たま》であるな……」

ナポレオンはまたボールを見《み》ながらブツブツいって、マウンドにしゃがみこんだ。なにか、ぼくたちを三振《さんしん》にした変化球《へんかきゅう》と関係《かんけい》があるのかな……。考《かんが》えていると、

「ナポレオンよ。ようやく貴様《きさま》の息《いき》の根《ね》をとめるときがきた」

信長《のぶなが》がニヤリとわらって打席《だせき》にはいった。息《いき》の根《ね》はとっくにとまってると思《おも》ったけど、こわいのでつっこまなかった。

「フン……。日本《にほん》の魔王《まおう》よ。わが必殺《ひっさつ》の変化球《へんかきゅう》の前《まえ》に、おまえなどもう敵《てき》ではないのである」

ナポレオンが応《おう》じる。

「ふたりも塁《るい》にだしておいて、強《つよ》がりはよせ。ワシの前《まえ》にはどんなボールも同《おな》じだ」

「さっきはちょっと調整《ちょうせい》を失敗《しっぱい》しただけである。もう吾輩《わがはい》のボールに弱点《じゃくてん》は……」

ナポレオンはいってから、足《あし》をゆっくりとあげる。そして腕《うで》を背中《せなか》からまわすと、

「ないのであるっ！」

と、それを思《おも》いっきりふり抜《ぬ》いた。その投《な》げられたボールは、井伊直虎《いいなおとら》のときのようにぐにゃりとまがって信長《のぶなが》をおそう！

「ぬうっ！」

信長《のぶなが》はそのボールに、バットを反応《はんのう》させた。

しかしベンチからは、「あっ！」という声《こえ》。なぜなら信長《のぶなが》のバットは、ナポレオンの変《へん》化球《かきゅう》の前《まえ》に空《くう》をきってしまったから。

「信長様《のぶながさま》……」

信長《のぶなが》の空振《からぶ》りに、秀吉《ひでよし》はベンチ前《まえ》でひざをついた。たしかに信長《のぶなが》に打《う》てなかったら、ファルコンズの誰《だれ》にも打《う》てやしない。でも……。

――やっぱり秀吉《ひでよし》のいうとおり、変《へん》な動《うご》きのボールだ……。

グッとふかくまがるのにスピードもある。あんな変化球《へんかきゅう》がこの世《よ》にあるのか……？　こはあの世《よ》だけど……。しかも信長《のぶなが》すら、手《て》がでないなんて……。

「どうしたであるか？　威勢《いせい》がいいのは口《くち》だけのようであるが」

ナポレオンが、フハハと無表情《むひょうじょう》でわらいながらいった。信長《のぶなが》は舌打《したう》ちをして、くやしそうにマウンドを見《み》つめる。

このままじゃ、アウトになる……。ファルコンズの負《ま》けだ……。

ぼくが考《かんが》えていると、ナポレオンはまたマウンドでかがみこんだ。でもみんなは信長《のぶなが》やランナー、それに変化球《へんかきゅう》の攻略《こうりゃく》に目《め》や意識《いしき》がいっていて、ナポレオンの変《へん》な動《うご》きに気《き》がついているのは、どうやらぼくだけ。

——さっきから、なにをしているんだろう？

変化球《へんかきゅう》になにか関係《かんけい》あるのかも。

ぼくはそのままナポレオンに目《め》をこらす。するとナポレオンはマウンドの土《つち》をいじって、それをボールにくっつけていた。——その瞬間《しゅんかん》！

ぼくの頭《あたま》の中《なか》で、すべてがつながった。

九回表《かいおもて》にぼくが気《き》づいた、デコボコのマウンド。『つけすぎ』『少《すく》なくて』と、ブツブツいっていたナポレオン。それにザビエルの変《へん》な悪送球《あくそうきゅう》。

それらをつなげると、ひとつのこたえにいきつく。

——マッドボールだ！

『マッドボール？』

あまりに強《つよ》いおどろきのためか、ヒカルにだけ考《かんが》えがもれていたみたい。彼女《かのじょ》は頭《あたま》に、はてなマークをのっけてテレパシーで聞《き》いてきた。

『えっとね、ヒカル。マッドボールっていうのは、泥《どろ》をボールにつけて、それをすべりどめにして投《な》げるボールのこと』

『泥《どろ》を？　それってどうなるの？』

『ボールってまるいでしょ？　だから中心《ちゅうしん》を軸《じく》にして回転《かいてん》するんだ。だけど泥《どろ》をつけたらかたちが変《か》わって中心《ちゅうしん》がズレちゃうし、泥《どろ》がすべりどめになってすごい回転《かいてん》がかかる。だから変《へん》なまがりかたになって、それをマッドボールっていうんだ。地獄《じごく》は知《し》らないけど、現世《げんせ》じゃ禁止《きんし》だよ』

『え、じゃあ』

ヒカルはハッとした顔《かお》をした。

『現世《げんせ》で禁止《きんし》なものは、地獄《じごく》でもだいたい禁止《きんし》だよ！　それを審判《しんぱん》にいったら！』

ヒカルの言葉《ことば》に、ぼくはうなずいた。

審判《しんぱん》にいったら、たぶんナポレオンは注意《ちゅうい》を受《う》けて、そのボールが使《つか》えなくなる。それなら信長《のぶなが》が有利《ゆうり》になるだろう。

だけど……。それで、いいのかな？

試合《しあい》だけを見《み》るなら、そうするほうが賢《かしこ》いと思《おも》う。

……だけど、信長《のぶなが》はぼくにいった。ナポレオンにファルコンズ魂《だましい》を見《み》せてやれって。それはただ単純《たんじゅん》に、勝《か》てって話《はなし》じゃないと思《おも》う。――なら！

「ナポレオンさん！」

ぼくはベンチから一歩《いっぽ》でて、ナポレオンに声《こえ》をかけた。ナポレオンはとつぜんの声《こえ》に、キョトンとしてこっちをむく。

「ねえ、ナポレオンさんって、英雄《えいゆう》なんでしょ？　そういってたよね？」

「いまさら、あたり前《まえ》のことをいうでないのである」

ナポレオンはこっちにむきなおると、胸《むね》をはった。

「じゃあ、じゃあ、やっぱりダメだよ！　英雄《えいゆう》は正《ただ》しくなくちゃいけない！　けっかじゃないんだ！　けっかだけで英雄《えいゆう》っていわれるひとって、いないと思《おも》う！」

「な、なにを……」

ナポレオンの顔《かお》に動揺《どうよう》が見《み》えた。――やっぱり、こころのどこかでは、なにがよくてなにがよくないか、ちゃんとわかっていたんだ。

『こ、虎太郎《こたろう》クン！　頭《あたま》のF《エフ》マークが、さらに強《つよ》く光《ひか》ってきてるよ！』

ヒカルが横《よこ》から、ぼくをのぞきこんでテレパシーでいった。それはきっと、ファルコンズ魂《だましい》がこれまでになく高《たか》まってきているから。――ここがぼくの勝負所《しょうぶどころ》だ！

「ナポレオンさんは、いったよね。負《ま》けるのはみじめでカッコ悪《わる》いって。でも卑怯《ひきょう》な手《て》を使《つか》ったら、それはもう自分《じぶん》に負《ま》けているんだと思《おも》うんだ」

「そ、そのたわ言《ごと》は、さっき聞《き》いた！　だからどうだというのであるか！」

「自分《じぶん》に負《ま》けたんなら、負《ま》けだよ！　一番《いちばん》みじめな負《ま》けじゃないか！」

ぼくは手《て》をにぎってこたえた。言葉《ことば》にありったけの気持《きも》ちをこめて。

「英雄《えいゆう》はカッコよくなきゃ。みんなのお手本《てほん》じゃなきゃいけないんだ。ぼく、信長《のぶなが》さんを見《み》ていてそう思《おも》った！　ナポレオンさんにも、そうなってほしいって！　自分《じぶん》に負《ま》けて、カッコ悪《わる》くならないで！」

「吾輩《わがはい》は……」

ナポレオンはにぎっているボールを見《み》る。そしてぼくはさいごに、ナポレオンに届《とど》けと思《おも》いながら、声《こえ》をめいっぱい大《おお》きくした。


「勝《か》っても負《ま》けても、カッコいいものがカッコいいんだ！」


ぼくは息《いき》をきらして、いいおえた。するとスタジアムは少《すこ》ししずかになったあと、

「現世《げんせ》の小僧《こぞう》のいうとおりだ！」

「ナポレオン！　おれはむかしのおまえを応援《おうえん》してるぞ！」

と、ぼくに味方《みかた》する声《こえ》が聞《き》こえてくる。

それを聞《き》いたナポレオンはギリッと歯《は》を鳴《な》らして、ボールをにぎりしめた。ちょっとはこころにひびいたかな？　そう思《おも》っていると、

「ナポレオンよ」

今度《こんど》は信長《のぶなが》が声《こえ》をかける。

「貴様《きさま》にはこれからふたつの名《な》が待《ま》っている。このままでは卑怯者《ひきょうもの》という呼《よ》び名《な》。正々《せいせい》堂々《どうどう》と勝負《しょうぶ》するなら英雄《えいゆう》という呼《よ》び名《な》。勝敗《しょうはい》とは無関係《むかんけい》に、貴様《きさま》はそう呼《よ》ばれるだろう。どちらをとるか、それは貴様《きさま》のプライドに選《えら》ばせろ」

信長《のぶなが》はいってから、バットをかまえた。ナポレオンがなにかして変化球《へんかきゅう》を投《な》げている、というのは、信長《のぶなが》もうすうすわかっていたんだ。

「わ、吾輩《わがはい》は……」

ナポレオンはすごい形相《ぎょうそう》になって、ボールをにらみつけた。

きっといま、ナポレオンは自分《じぶん》の中《なか》のいろいろなものと闘《たたか》っている。でも英雄《えいゆう》としての彼《かれ》なら、自分《じぶん》の中《なか》の弱《よわ》さときちんと決着《けっちゃく》をつけられるだろうと、ぼくにはなんとなくわかっていた。

やがてナポレオンは大《おお》きな息《いき》をはきだして、信長《のぶなが》をにらみつけた。そして手《て》で球《たま》の表面《ひょうめん》をパッパッと払《はら》うと、腕《うで》をふりあげる。

——ちゃんと勝負《しょうぶ》する気《き》になったんだ……。

「吾輩《わがはい》のピッチングに、不可能《ふかのう》はないのである！」

ナポレオンは気合《きあ》いをはしらせると、すさまじい迫力《はくりょく》で前《まえ》に腕《うで》をふり抜《ぬ》く。そして猛《もう》スピードの車《くるま》のように、迫力満点《はくりょくまんてん》のボールを投《な》げこんだ。

それはまさに英雄《えいゆう》という名《な》にふさわしい気迫《きはく》だった。すごみがビシビシ伝《つた》わってきて、これまでのナポレオンとは別人《べつじん》のよう。さいごのさいごに、プライドをとりもどした！

「吾輩《わがはい》は吾輩《わがはい》のままで勝利《しょうり》する！　いま、それを証明《しょうめい》するのである！」

「今日《きょう》一番《いちばん》のボール！　虎太郎《こたろう》の球《たま》にも見《み》おとりすまい！　しかし！」

信長《のぶなが》はそういって足《あし》をふみこんだ。そして、

「天下布武打法《てんかふぶだほう》！」

と、そのバットを一閃《いっせん》。それは影《かげ》すら見《み》えないようなすさまじいスイングスピードで、ガツンという音《おと》とともに、ナポレオンがはなったボールをかんぺきにとらえていた。

「な、なにっ！」

ナポレオンはふりかえって打球《だきゅう》を目《め》で追《お》った。

それはライナーでセンター方向《ほうこう》に飛《と》んでいて、守備陣《しゅびじん》はみんなそれを見守《みまも》るばかり。もう、打球《だきゅう》を追《お》いかけても無駄《むだ》なことはわかっているんだ。

誰《だれ》もがながめる信長《のぶなが》のその打球《だきゅう》は、やがて勢《いきお》いよくバックスクリーンにつきささる。それは試合《しあい》がきまった瞬間《しゅんかん》でもあった。

「やったあ！」

ぼくは手《て》をふりあげる。するとベンチのみんなも、歓声《かんせい》をあげた。

さすが信長《のぶなが》！　逆転《ぎゃくてん》サヨナラホームランだ！

「クソッ」

マウンドではナポレオンが、くやしそうにひざを地面《じめん》についていた。だけどぼくにはその顔《かお》が、こころなしか満足《まんぞく》しているように見《み》えた。

みんなが騒《さわ》ぐ中《なか》、ぼくはなんとなくそれをながめる。するとバックネットの前《まえ》から、審判《しんぱん》のコールがスタジアムにひびきわたった。

「ゲームセット！」

20××年(鬼暦六十年) 7月20日　金曜日

世界の英雄 VS 戦国の豪傑たち!

桶狭間 ファルコンズ 逆転サヨナラ!!!

世界の英雄VS戦国武将 世界を迎えうつ準決勝

世界 6−7 桶狭間

まさに間一髪だった——。ついに準決勝まで進んだ地獄甲子園。

しかしその幕開けは序盤から意外な展開がもたらされた。ふだんは朝から球場入りして念入りな調整をおこなうファルコンズだったが、今日はどれだけ待ってもその姿を見せない。世界の英雄、ワールドヒーローズを前にあわや不戦敗かと思われたとき、彼らはようやくやってきた。やってきたはいいが……、しかしその姿はボロボロで、なぜか息は上がっている。ある関係者にバナナを渡して事情を聞

どうやらワールドヒーロー

ら別の時間を聞かされ、フ

コンズは直前まで地獄の練

していたようだ。どうし

なったかはさておき、試

じまればどのような事情

がない。ワールドヒーロ

自らの威厳を守るため、

コンズは歴史を守るた

の戦いの幕は容赦なく

落とされる。試合が

第3種郵便物認可

地獄新聞

やはり最後はこの男！　試合を決めた織田のサヨナラ弾！

◇地獄甲子園　44,000人

5回戦

世　界	3 0 2 0 0 0 0 1 0	6
桶狭間	0 0 0 0 1 3 0 0 3x	7

勝山田

敗ナポレオン

本ナポレオン①、②、③　カエサル①　レオニダス①　織田③、④

試合は序盤から動く。ファルコンズは初回から3ホーマーを許し、厳しい展開。しかし4回から選手を替えると反撃開始。とどめは9回、織田の3ランで逆転に成功。両軍計13点の空中戦となった。

世界	打	安	点	本	率
(二)カエサル	5	3	1	①	.600
(三)レオニダス一世	5	2	1	①	.400
(捕)ダ・ヴィンチ	4	0	0		.000
(投)ナポレオン	5	3	4	③	.600
(一)ペリー	4	2	0		.500
(中)チンギス・ハーン	4	1	0		.250
(左)始皇帝	3	1	0		.333
(右)ジャンヌ	4	1	0		.250
(遊)ザビエル	4	0	0		.000

桶狭間	打	安	点	本	率
(右)島津義久	1	0	0		.000
右 豊臣秀吉	3	0	0		.000
(中)井伊直虎	5	1	0		.200
(左)前田慶次	4	1	0		.250
(一)織田信長	4	3	7	②	.750
(二)真田幸村	4	1	0		.250
(捕)徳川家康	1	0	0		.000
捕 川島高臣	3	1	0		.333
(三)伊達政宗	3	0	0		.000

2ホーマー7打点の織田

○織田信長（桶）

全打点を叩き出す活躍

「相手がどんな手を使ってきても勝てると信じていた。ただ一番の収穫は虎太郎の成長だ」

驚異の救援

○山田虎太郎（桶）

新バッテリーで好投

「今日は高臣クンに助けられました。相手は全員がさすが英雄で手強かったで

打って3ホーマー、投げて9回2アウトまでリード

●ナポレオン・ボナパルト（世）

最後は全力投球も織田に打たれる

「最後のボールがマックスの球速？まあ、そうであるな。相手の少年がかての自分を取り戻してくれたのである負けたとは思えないすっきりした顔でナポレオンは口にした

本多を相手に

ズがソロホームラン

て3点をリードする

は4番のナポレオン

の2ラン。負傷者続

コンズの体力も限

よいよ勝負あった

のとき。ついにエ

ー・山田、助っ人

川島、野手の豊

5章《しょう》　ほんとうの英雄《ヒーロー》

	1	2	3	4	5	6	7	8	9	計	H	E
世　界	3	0	2	0	0	0	0	1	0	6	13	1
桶狭間	0	0	0	0	1	3	0	0	3x	7	8	0

世界 WORLD HEROES

1 ユリウス・カエサル 二
2 レオニダス一世 三
3 レオナルド・ダ・ヴィンチ 捕
4 ナポレオン・ボナパルト 投
5 マシュー・ペリー 一
6 チンギス・ハーン 中
7 始　皇　帝 左
8 ジャンヌ・ダルク 右
9 フランシスコ・ザビエル 遊

B
S
O

UMPIRE

CH	1B	2B	3B
赤鬼	青鬼	黒鬼	桃鬼

OKEHAZAMA Falcons

1 豊臣　秀吉 右
2 井伊　直虎 中
3 前田　慶次 左
4 織田　信長 一
5 真田　幸村 二
6 川島　高臣 捕
7 伊達　政宗 三
8 毛利　元就 遊
9 山田虎太郎 投

試合終了後《しあいしゅうりょうご》、ぼくたちはホームをはさんで礼《れい》をして、ワールドヒーローズとさいごのあいさつをしていた。相手《あいて》の何人《なんにん》かと言葉《ことば》をかわしたところで、

「君《きみ》にはすくわれた気持《きも》ちであるよ」

ナポレオンはすがすがしい顔《かお》でこちらにきて、ぼくとあくしゅをする。

「――吾輩《わがはい》はまちがっておった。卑怯《ひきょう》な手段《しゅだん》で相手《あいて》に勝《か》っても、自分《じぶん》には負《ま》けている。それは自分《じぶん》をよごしてしまう、どうしようもない敗北《はいぼく》なのだと。それを君《きみ》に教《おし》えられた」

「ぼくだって、ひとのことといえないけど」

ぼくは頭《あたま》を指《ゆび》でかいた。

「でもまちがいはしかたないと思《おも》うんだ。問題《もんだい》はやりなおせるかどうかだから」

「まったくでーす」

話《はな》していると、横《よこ》からダ・ヴィンチも顔《かお》を見《み》せる。

「ワタシの発明《はつめい》が敗《やぶ》れてしまうなど……。ワタシは認《みと》めませんでーす。かならずややりなおし、このリベンジを……」

「いつでも受《う》けるよ。正々堂々《せいせいどうどう》とね」

ぼくがそういったら、ダ・ヴィンチもニコリとわらった。そして彼《かれ》とあくしゅをかわしていると、

「退場《たいじょう》になった選手《せんしゅ》に、すまなかったと伝《つた》えてほしいのである」

ナポレオンはそういいのこして、ワールドヒーローズをつれてベンチにひきあげていく。

「ナポレオンをしかり飛《と》ばすとはな」

みんなと一緒《いっしょ》に去《さ》るナポレオンの背中《せなか》を見《み》ていると、背後《はいご》から信長《のぶなが》の声《こえ》。

「虎太郎《こたろう》。今回《こんかい》はじつにあっぱれであった。まさか相手《あいて》を正《ただ》すことができるとは。まさにファルコンズ魂《だましい》の理想《りそう》だ」

「ううん。必死《ひっし》だったから」

「いや。人間《にんげん》とは弱《よわ》いものだ。だが信念《しんねん》や使命感《しめいかん》を持《も》つと強《つよ》くなる。貴様《きさま》のようにな」

「そうかな」

ぼくがこたえると、

「おれも信長《のぶなが》さんと同《おな》じ意見《いけん》だ」

と、秀吉《ひでよし》とヒカルのサインをもらった高臣《たかおみ》クンが話《はな》しかけてきた。

「虎太郎《こたろう》。おれは感動《かんどう》した。Ｆ《エフ》マークが光《ひか》ったときの球威《きゅうい》もそうだし、それに相手《あいて》を正《ただ》すという、おれには思《おも》いつかなかった解決方法《かいけつほうほう》をおまえがしめしたからだ」

「か、感動《かんどう》って……」

「いや、感動《かんどう》という言葉《ことば》が正確《せいかく》だ。現世《げんせ》で対戦《たいせん》した、あの中学生《ちゅうがくせい》をつれてきたチーム、おれはなにかの作戦《さくせん》をねらなければと思《おも》ったが、それがかたまった気持《きも》ちだ。相手《あいて》のためにもなる」

「……そうだね」

ぼくはそう返事《へんじ》をする。現世《げんせ》にもどったらあのチームに、ナポレオンと同《おな》じことをしないと。相手《あいて》に不正《ふせい》をやめさせるのだって、ぼくの役割《やくわり》だ。ファルコンズ魂《だましい》だから。

「まこと、貴様《きさま》も英雄《えいゆう》よ」

信長《のぶなが》はぼくの頭《あたま》に手《て》をおいて、ガハハとわらった。

ぼくは信長《のぶなが》に認《みと》められた気《き》がして、なんだかうれしかった。

※

「ククク……。ファルコンズが勝《か》ちあがったか……。そうこなくては……」

スタンドの一番上《いちばんうえ》。そこには本能寺《ほんのうじ》ファイアーズの明智光秀《あけちみつひで》がいました。グラウンドでは、勝《か》ったファルコンズが観客《かんきゃく》にむかっておじぎをしています。

「つぎはいよいよ決勝戦《けっしょうせん》……。長年《ながねん》の恨《うら》み、ここで晴《は》らしてくれる。こっちはこの日《ひ》のために、対信長用《たいのぶながよう》ひみつ兵器《へいき》を用意《ようい》したのだからな。ククク……」

明智光秀《あけちみつひで》はそういって、自分《じぶん》のとなりに目《め》をやりました。

そこには目《め》に見《み》えるほどの濃《こ》い暗黒《あんこく》オーラをはなつひとりの男《おとこ》がいます。お坊《ぼう》さんのような坊主頭《ぼうずあたま》に小柄《こがら》な体《からだ》ですが、でもオーラはほのおのようにもえさかり、男《おとこ》をどこまでも大《おお》きく見《み》せています。

「あなたがいれば、信長《のぶなが》などおそれるにたりませぬ」

明智光秀《あけちみつひで》はそういって男《おとこ》の肩《かた》に手《て》をおき、フハハハ！　と、高《たか》らかにわらいました。

スタンドの他《ほか》のお客《きゃく》さんは、「なんだコイツ……。かかわらないでおこう」と、ちょっとヤバいひとを見《み》る目《め》で明智光秀《あけちみつひで》をながめていました。

本作品《ほんさくひん》に登場《とうじょう》する歴史上《れきしじょう》の人物《じんぶつ》のエピソードは諸説《しょせつ》ある伝記《でんき》から、物語《ものがたり》にそって構成《こうせい》しています。

集英社みらい文庫

戦国《せんごく》ベースボール
たちはだかる世界《せかい》の壁《かべ》! vs《バーサス》ワールドヒーローズ!!

りょくち真太《しんた》 作
トリバタケハルノブ 絵

✉ファンレターのあて先
〒101-8050 東京都千代田区一ツ橋2-5-10 集英社みらい文庫編集部
いただいたお便りは編集部から先生におわたしいたします。

2018年7月25日 第1刷発行

発行者 北畠輝幸
発行所 株式会社 集英社
〒101-8050 東京都千代田区一ツ橋2-5-10
電話 編集部 03-3230-6246
読者係 03-3230-6080
販売部 03-3230-6393(書店専用)
http://miraibunko.jp
装丁 小松 昇(Rise Design Room) 中島由佳理
印刷 大日本印刷株式会社 凸版印刷株式会社
製本 大日本印刷株式会社

ISBN978-4-08-321448-6 C8293 N.D.C.913 188P 18cm

天下統一《てんかとういつ》まであとひとつ!!!!
地獄甲子園優勝《じごくこうしえんゆうしょう》
燃《も》えろ、ファルコンズ!!!!!

紅蓮《ぐれん》の大優勝旗《だいゆうしょうき》を手《て》にするのは……!!?
戦国《せんごく》ベースボール
SENGOKU-BASEBALL
第《だい》14弾《だん》
地獄甲子園編決勝戦《じごくこうしえんへんけっしょうせん》!
2018年《ねん》秋《あき》、
発売予定《プレイボール》!!!
「本能寺《ほんのうじ》の変《へん》」の因縁《いんねん》ふたたび!
決勝戦《けっしょうせん》の相手《あいて》は……
あの男《おとこ》率《ひき》いる、
あのチーム!!?
コミックス
『戦国《せんごく》ベースボール』
第①巻
大絶賛発売中《だいぜっさんはつばいちゅう》!
まんが・若松浩
原作・りょくち真太
キャラクター原案・トリバタケハルノブ
(最強ジャンプコミックス刊)

「みらい文庫《ぶんこ》」読者《どくしゃ》のみなさんへ

言葉《ことば》を学《まな》ぶ、感性《かんせい》を磨《みが》く、創造力《そうぞうりょく》を育《はぐく》む……、読書《どくしょ》は「人間力《にんげんりょく》」を高《たか》めるために欠《か》かせません。たった一枚《いちまい》のページをめくる向《む》こう側《がわ》に、未知《みち》の世界《せかい》、ドキドキのみらいが無限《むげん》に広《ひろ》がっている。これこそが「本《ほん》」だけが持《も》っているパワーです。

学校《がっこう》の朝《あさ》の読書《どくしょ》に、休《やす》み時間《じかん》に、放課後《ほうかご》に……。いつでも、どこでも、すぐに続《つづ》きを読《よ》みたくなるような、魅力《みりょく》に溢《あふ》れる本《ほん》をたくさん揃《そろ》えていきたい。読書《どくしょ》がくれる、心《こころ》がきらきらしたり胸《むね》がきゅんとする瞬間《しゅんかん》を体験《たいけん》してほしい、楽《たの》しんでほしい。みらいの日本《にほん》、そして世界《せかい》を担《にな》うみなさんが、やがて大人《おとな》になった時《とき》、「読書《どくしょ》の魅力《みりょく》を初《はじ》めて知《し》った本《ほん》」「自分《じぶん》のおこづかいで初《はじ》めて買《か》った一冊《いっさつ》」と思《おも》い出《だ》してくれるような作品《さくひん》を一所懸命《いっしょけんめい》、大切《たいせつ》に創《つく》っていきたい。

そんないっぱいの想《おも》いを込《こ》めながら、作家《さっか》の先生方《せんせいがた》と一緒《いっしょ》に、私《わたし》たちは素敵《すてき》な本作《ほんづく》りを続《つづ》けていきます。「みらい文庫《ぶんこ》」は、無限《むげん》の宇宙《うちゅう》に浮《う》かぶ星《ほし》のように、夢《ゆめ》をたたえ輝《かがや》きながら、次々《つぎつぎ》と新《あたら》しく生《う》まれ続《つづ》けます。

本《ほん》を持《も》つ、その手《て》の中《なか》に、ドキドキするみらい――。

本《ほん》の宇宙《うちゅう》から、自分《じぶん》だけの健《すこ》やかな空想力《くうそうりょく》を育《そだ》て、〝みらいの星《ほし》〟をたくさん見《み》つけてください。

そして、大切《たいせつ》なこと、大切《たいせつ》な人《ひと》をきちんと守《まも》る、強《つよ》くて、やさしい大人《おとな》になってくれることを心《こころ》から願《ねが》っています。

2011年《ねん》　春《はる》

集英社《しゅうえいしゃ》みらい文庫《ぶんこ》編集部《へんしゅうぶ》